KB094944

무명(Tiamat)

MUMYEONG

illust by EDEN

KARMA MASTER
카르마 마스터

이상혁 게임 판타지 소설
GAME FANTASY STORY

카르마 마스터 3

이상혁 게임 판타지 소설

초판 1쇄 찍은 날 § 2010년 7월 23일
초판 1쇄 펴낸 날 § 2010년 7월 28일

지은이 § 이상혁
펴낸이 § 서경석

편집팀장 § 서지현
편집책임 § 주소영
편집 § 이수민

펴낸곳 § 도서출판 청어람
등록번호 § 제1081-1-89호
등록일자 § 1999. 5. 31
어람번호 § 제1-1164호

주소 § 경기도 부천시 원미구 심곡2동 163-2 서경B/D 3F (우) 420-822
전화 § 032-656-4452 팩스 § 032-656-4453
http://www.chungeoram.com
E-mail § chungeoram@chungeoram.com

ⓒ 이상혁, 2010

ISBN 978-89-251-2236-6 04810
ISBN 978-89-251-2210-6(세트)

KARMA MASTER

카르마 마스터

GAME FANTASY STORY
이상혁 게임 판타지 소설

3

MuMyeong

CONTENTS

CHAPTER 13

드래곤 슬레이어

1

> **축하드립니다. ㄴㅁ레벨에 도달하셨습니다.**

　기니 짧으니 해도 방학은 결국 끝이 나고 만다. 벌써 2월이
다.

　개학 전날 밤 샹그릴라에서 나는 기어코 40레벨에 도달했
다. 툭하면 문기와 피씨방에─공짜였으니까─드나들어 상당
히 빠른 속도로 레벨링을 했다. 겨우 한 달 만에 20렙을 올린
셈이다.

　문블레이드도 그사이 렙업에 박차를 가해 56렙이 되었다.

샹그릴라의 세계에서 절반 이상을 탐험한 셈이다. 물론 그로 얀 왕국에 국한하여.

켈드리안 산맥의 드캄—바 마을과는 더 이상 친해지려야 친해질 수가 없었다. 그들을 살펴보면 '그는 당신을 동족처 럼 생각합니다'라는 메시지가 떠오른다.

그리고 무엇보다 그 한 달 동안 가장 큰 성과는 카르마 유 저 스킬 두 가지를 포함해 열두 가지 스킬 모두가 10레벨에 도달했다는 점이다. 이제야 전부한큐가 샹그릴라 세계에서 부활한 셈이었다.

더 이상 90레벨대의 몹은 적수가 아니었다. 레벨 업 덕분 에 최대 체력은 6천에 가까웠다. 고 레벨 몬스터와의 전투로 인내심 등 능력치도 레벨에 비해서는 꽤 많이 채운 셈이었다.

카르마 수치는 더 이상 말할 필요도 없었다. 슬슬 10만을 눈앞에 두고 있었다.

다만 구규일극 스킬은 아직도 10레벨 30프로의 경험치에 머물러 있었다. 1레벨에서 10레벨까지 올리는 것보다 10레벨 에서 11레벨에 닿는 게 몇 배는 더 어려워 보였다.

슬슬 드캄—바 마을을 떠나야겠다는 생각이 들었다. 레벨 링 속도야 그럭저럭 동렙 존에서 노는 것에 비해 크게 떨어지 지 않는 느낌이었지만, 보수가 문제였다.

한 달 내내 80레벨 존에서 사냥을 했는데 아이템은커녕 처음 가지고 있던 200로스라는 거금이 10로스대로 줄어들어 있었다. 수리비에 여관비까지, 살아가는 건 정말 만만치 않은 듯했다.

하지만 이대로 떠나기는 조금 아쉬운 듯한 느낌이 들었다. 돈 한 푼 못 건지고 가는 건 아무리 생각해도 아니었다.

그리고 사실 요즘 들어 한 가지 생각에 골몰해 있기도 했다.

80레벨대 몹에게 맞는 건 아프지도 않았다. 두세 마리쯤 내게 붙이고 한 10분 정도 멍하게 있어도 피가 별로 닳지 않았다. 여전히 레벨 페널티는 존재했지만, 금강부동신공 하나만으로도 95퍼센트가량의 데미지를 감쇄시켜 준다.

이 무지막지한 방어력만 있다면.

'설마'라는 생각이 훨씬 강했지만 될 듯도 싶었다.

용을 잡는 것이.

물론 이름이 제대로 달려 있는 전설급의 드래곤은 불가능할 것이다. 거기까지는 바라지도 않는다. 그런 게 아니라 그냥 저 위 켈드리안 산맥 위쪽을 어슬렁거리고 있는 보통의 드래곤이라면 사냥을 해볼 만도 하지 않을까?

물론 혼자는 안 된다. 공격대를 구성해야 한다.

바로 이곳 드캄―바의 전사들과 함께 말이다.

나는 이런 생각들을 이 마을 사냥꾼들의 리더 움툴바에게 이야기했다.

"오래전 드캄—바는 용을 잡던 부족이라 들었습니다."

"그렇지. 오래전도 아닐세. 내 친할아버지도 용 사냥을 한 적이 있네. 어렸을 때 그분으로부터 용 사냥에 대한 이야기를 자주 들어왔지."

"그래서 드리는 말씀인데, 한번 해보지 않겠습니까?"

움틀바의 눈썹이 움찔한다.

"용을 잡자는 겐가?"

"예."

부정적인 반응이다. 움틀바는 고개를 가로로 저었다.

"불가능할 것이네."

"어째서입니까?"

"아직 우리 마을의 전사들은 어리네."

레벨이 낮다는 말을 그런 식으로 돌려 한 것일 테다.

"제가 드래곤의 공격을 막겠습니다."

움틀바가 나를 지그시 내려다본다.

"자네가 강인한 몸을 가지고 있는 것은 오랫동안 함께 사냥한 것을 통해 익히 알고 있네. 하나 드래곤은 육체도 강인하기 이를 데 없지만, 더욱 무서운 마법의 힘을 가지고 있네."

만약 내가 오뢰홍강을 십성까지 익히지 않았더라면 감히 드래곤을 잡자는 이야기를 꺼내지도 않았을 것이다. 예상했던 대로 오뢰홍강은 마법 데미지를 감쇄시켜 주는 스킬이었다. 그것도 금강불괴와 동급으로.

지금 현재 나는 마법 공격력 95퍼센트를 감쇄시킬 수 있었다.

"마법도 막아낼 수 있습니다."

"물론 어느 정도 능력은 있을 것일세. 자네는 원시 미어캣 슬레이어니까. 하지만 드래곤은 미어캣 따위와는 차원이 다른 생물일세."

움툴바는 여전히 믿지 못하겠다는 표정이었다.

"믿지 못하시겠다면 시험해 봐도 괜찮습니다. 부족의 샤먼에게 마법 공격을 펼쳐 보라고 하십시오."

으음, 하고 신음을 삼키며 움툴바는 나의 표정을 살폈다. 자신있다는 내 얼굴에 조금 용기가 나는 모양이었다.

"나는 드캄―바의 사냥꾼일세. 용을 잡고 싶은 마음은 자네 못지않네. 좋아, 그럼 한번 시험해 봄세. 샤먼 일곱 명이 동시에 공격 마법을 펼칠 걸세. 드래곤의 가장 약한 마법 공격의 위력 정도겠지만, 그것을 여유롭게 받아낸다면 자네를 믿고 용 사냥에 한번 도전해 보는 것도 괜찮을 듯싶네."

"알겠습니다."

나는 찬성하며 마을의 광장으로 움툴바와 함께 나섰다. 움툴바는 도중에 마을의 젊은 전사에게 샤먼들을 데리고 오라는 명령을 했다.

"불의 정령 샐러맨더시여, 힘을 빌려주소서."

짤막한 주문의 영창이 일곱 명의 샤먼 입에서 흘러나왔다. 그들이 내민 짧은 창 앞에 불꽃의 덩어리들이 생겨나고, 동시에 나의 몸으로 덮쳐왔다.

오뢰홍강의 십성 공력이 내 몸에서 뿜어져 나가기 시작했다. 이제 더 이상 카르마는 단전에만 머물러 있지 않았다. 전중혈, 가슴 한복판의 중단전과 하단전의 카르마들이 공명을 일으키며 내 주변에 떠돌던 카르마까지 섭렵했다.

기의 폭풍이 고요하게 몸을 감싸 안았다. 비눗방울처럼 오색으로 알록달록한 투명한 막이 내 몸 주위에 생겨났다.

"타아앗~!"

샤먼들의 불꽃이 오뢰홍강에 내리꽂혔다. 폭풍과도 같은 불꽃이 빨간 혀를 날름거리며 내 목젖을 노렸다. 하지만 내가 느낀 것은 봄의 산들바람 정도의 훈풍뿐이었다.

전투 로그를 확인해 보았다. 25의 데미지가 일곱 번 겹쳐 있었다. 도합 175의 데미지였다.

80렙대 샤먼 일곱 명의 마법 공격이 내 피의 5퍼센트도 채 깎지 못한 것이다.

공격을 퍼부은 샤먼들, 나이 든 사냥꾼 움툴바, 그 밖에 구경을 하던 드캄―바 부족의 사람들 누구 할 것 없이 나의 스킬에 입을 벌렸다. 믿을 수 없다는 듯 고개를 젓는 사람이 태반이었다.

움틀바가 달리듯 내 곁으로 다가와 어깨에 손을 얹었다. 내 몸통만 한 손바닥에 상반신 거의 전부가 가려진다.

"원시 미어캣 슬레이어의 명성이 괜히 생겨난 것은 아니었군. 좋아, 용을 잡으러 감세. 자네가 우리 부족을 이끌어주게나."

나는 고개를 끄덕이며 움틀바에게 말했다.

"그 대신 조건이 하나 있습니다."

"음? 무언가?"

"전리품을 나누어 주십시오."

지금까지 드캄―바 부족과의 전투에서 유일한 불만은 전리품이었다. 만약 얼마간이라도 나누어 가질 수 있었더라면 지금쯤 엄청난 부자가 되어 있었을 것이다.

"그야 두말할 것 없네. 정말 성공한다면 우리는 자네와 명성을 공유하는 것은 물론이고, 전리품 또한 함께 나누어 가질 것일세."

"감사합니다."

나의 인사와 동시에 퀘스트 창이 팝업되었다.

Quest

[공격대, 95+] [용 사냥꾼의 후예들 1]

용 사냥꾼인 드캄―바 부족과 절친한 사이가 된 당신에게 기회가 찾아왔습니다. 드캄―바 부족은 오래전 드래곤을 사냥해 그 전리품으로 전성기를 구가했던 산악 부족입니다. 하지만 켈드리안의 주인 티아메트의 노여움을 사 부족의 유망한 전사들이 모두 죽임을 당한 이후, 한참 동안 용을 사냥하지 못하고 있었습니다.

당신이 나타난 지금 드캄―바 부족의 사기는 다시 한 번 용을 사냥하겠다는 마음을 먹을 만큼 고양되어 있습니다. 이 기회를 놓치지 마십시오. 당신의 앞에 샹그릴라에서 가장 강력한 모험이 기다리고 있습니다.

보상:드래곤 슬레이어(타이틀)

명성 +100,000

움틀바는 곧바로 공격대를 조직하기 시작했다. 드캄―바 부족의 정예라 할 만한 면면들이었다. 전사가 열 명에, 샤먼이 열 명, 궁사가 다시 열 명이었다. 그 밖에도 견습 사제 두 명이 더 전투에 참가했다. 견습 사제는 기술 대부분이 방어와 회복에 치중되어 있는 클래스였다.

그 가운데 외부인은 나 하나뿐이었다. 동시에 드래곤의 공격을 받아낼 수 있는 사람도 나뿐이었다.

움틀바는 공격대를 이끌고 곧바로 용 사냥꾼의 휴식처로

장소를 옮겼다. 한동안 내가 신세를 졌던 그 오두막은 여전히 허름하니 낡은 채였다.

그곳에서 움틀바는 드래곤 공략의 작전을 세우기 시작했다. 우선 샤먼 다섯과 사제 하나가 나에게 배정되었다. 드래곤의 공격을 집중적으로 받을 사람이 바로 나였기 때문이다.

전투 장소는 용 사냥꾼의 휴식처에서 10분 거리쯤에 있는 장소로 정해졌다. 드캄―바 부족이 전통적으로 용을 사냥하던 장소라고 한다.

계획이 정해지자마자 우리는 다시 장소를 옮겼다. 중간 중간 켈드리안 깊은 곳 원시림의 동물과 괴물들이 덤벼들었지만, 90렙에 가까운 드캄―바의 정예 사냥꾼들에 의해 순식간에 죽임을 당했다.

도착한 장소는 움푹 파인 구덩이 같은 지형을 하고 있었다. 지름 30미터가량에 깊이는 10미터쯤 되었는데, 드래곤 한 마리가 들어간다면 꽉 들어찰 만한 장소였다.

먼저 궁수들이 좌우로 나뉘어 자리를 잡았다. 샤먼이 한 명씩 한 무리의 궁수들을 보조해 줄 수 있는 곳에 창을 꽂았다.

긴 창을 든 전사 중 다섯은 내 곁에서 정면의 드래곤을 상대하기로 하고, 나머지 다섯은 뒤쪽 풀숲 사이에 매복을 했다. 전투가 시작되면 드래곤의 등과 꼬리를 노릴 셈이었다.

그들의 전투 배치를 보자 왜 드캄—바 부족이 드래곤을 사냥하는 부족인지 알 것 같기도 했다. 이 10미터 깊이의 구덩이에 7미터에 이르는 그들의 키까지 합친다면 드래곤의 등을 공격하는 것도 그리 어려운 일은 아닐 것이다.

발걸음이 날쌘 궁수 둘과 샤먼 하나가 산을 오르기 시작했다. 좌우의 궁수 중 왼편에 있던 이들이었다. 그들의 임무는 드래곤을 끌어오는 것이다.

내 기억에 의하면, 드래곤들이 모여 살던 분지에는 비록 상당히 거리를 두고 있었지만 여러 마리의 드래곤이 산책(?)을 즐기고 있었다. 그곳에서 싸웠다가는 다른 드래곤까지 동족을 구하기 위해 달려들 가능성이 높았다. 그렇기 때문에 드캄—바의 선조들이 이곳을 드래곤들의 사냥터로 정한 것일 테다.

그러는 사이, 샤먼들이 주변을 돌며 주문을 외우고, 나무막대 같은 것을 꽂기 시작했다. 내 의아해하는 표정에 곁에 있던 나이 든 샤먼이 설명을 해주었다.

"용 사냥의 의식입니다. 우리의 사냥터에 저렇게 부족의 표시를 해 다른 산짐승들이 다가오지 못하도록 막는 것입니다. 물론 드래곤이 나타나면 대부분의 동물들은 멀찌감치 달아나게 될 것이지만, 그래도 만에 하나 우리의 사냥을 방해하는 짐승의 등장을 미연에 방지하는 역할을 합니다."

잡몹이 애드되는 것을 막기 위한 조치란다.

모든 조치가 끝이 날 무렵, 저 멀리서 궁수 둘이 부리나케 도망쳐 오는 모습이 보이기 시작했다. 산등성이를 따라 달려오는데 조금 겁에 질린 모습이었다.

움툴바가 외쳤다.

"겁먹지 마라! 우리는 저것의 먹이가 되기 위해 이곳에 온 것이 아니다! 자랑스러운 드캄—바의 이름을 가슴에 새기도록 하라!"

그의 외침이 파도가 되어 퍼져 나갔다. 그 파도가 내 몸을 스쳐 지날 때, 나는 몸이 조금 가벼워지는 듯한 느낌을 받았다. 사기를 올려주는 기술 같은 것을 사용한 모양이었다.

두 궁수와 샤먼이 다시 진형으로 복귀했을 무렵, 드래곤의 모습이 보이기 시작했다. 어깨 높이가 7미터는 족히 될 듯한 거대한 괴물이었다. 머리에서 꼬리까지는 30미터쯤 될 듯 보였다.

거대한 날개를 활짝 펼치고 거친 발걸음으로 달려온다. 그 괴물의 시선은 처음 공격을 했던 궁수들에게 향해 있었다.

그 순간 나는 자리를 박차고 달려나가 드래곤 앞으로 뛰어들었다. 그리고 극성으로 올린 천낙을 좌우일승대법과 동시에 폭발시켰다. 드래곤의 시선이 단번에 나에게로 쏠렸다.

드래곤이 앞발을 바닥에 쓸어 내게 휘둘러 왔다. 아마 드래곤과 처음 만나 벌였던 싸움에서 한 방에 죽어 자빠진 게 저 것을 맞고서가 아닐까 싶었다. 하지만 그동안 고 레벨 존에서의 단련이 헛것은 아니었는지, 괴물의 공격이 내 눈에 또렷이 보였다.

발톱을 피하며 나는 몸을 돌려 달아났다. 처음 있던 장소, 구덩이로 드래곤을 끌어들이기 위해서였다.

약이 오를 대로 오른 드래곤이 나를 물려 입을 쭉 뻗었다. 깜짝 놀라 앞으로 몸을 던져 바닥을 굴렀다. 서늘한 바람이 내 머리 위로 스친다. 다행히 맞지는 않은 듯했다.

바닥에서 벌떡 일어나 나는 간신히 내 자리로 돌아올 수 있었다. 샤먼 중 하나가 나에게 가벼운 힐을 시전해 주었다. 모르는 사이 체력이 줄어든 모양이었다.

움툴바가 외쳤다.

"용이 구덩이 안으로 들어올 때까지 공격을 하지 마라!"

화살을 재었던 궁수들이 움툴바의 외침에 시위를 풀었다. 괜한 공격으로 드래곤이 공격 타깃을 바꾸는 것을 막기 위해서였다.

어디까지나 사냥은 계획적으로 이루어져야 한다. 무조건 활을 쏘고 마법을 날린다고 해서 괴물을 쓰러뜨릴 수는 없다.

무림혈비사에서도 공격대라는 시스템이 존재했다. 장비가 좋고 강하다고 공격대 몬스터를 잡을 수 있는 게 아니다. 공격 대장의 명령에 따라 일사불란하게 공격하고 수비 진형을 이룰 때만 성공을 거둔다.

그런 의미에서 드캄—바 부족은 용을 사냥할 자격이 충분했다. 분노에 찬 드래곤이 눈앞을 지나가는데도 침착하게 그 모습을 바라보고만 있었다.

드래곤은 경사 완만한 구덩이에 몸을 담으며 나를 노려보았다. 나는 드래곤에게 조금 다가서서 가슴팍쯤에 다시 한 번 천낙을 날렸다.

"한큐, 조금 더 공격을 하게!"

드래곤의 시선을 더 사로잡으라는 이야기였다. 나는 고개를 끄덕이고, 좌우일승대법을 활성화시키며 계속해 드래곤의 가슴팍을 두들겼다.

드래곤이 분노로 울부짖었다. 크아아앙— 하는 괴성이 계곡 전체에 쩌렁쩌렁 울려 퍼졌다. 가까이 있다 고막이 찢어지는 줄만 알았다. 샤먼의 보호 마법이 아니었다면 정말로 귀청이 터져 나갔을 것이다.

"지금이다! 공격하라!"

움틀바의 외침에 드캄—바의 전사들이 일제히 드래곤의 몸에 달려들었다. 드래곤이 비록 커다란 짐승이라고는 하지만, 드캄—바 부족 역시 거인의 일족이었다. 내가 드래곤 앞에 섰을 때와는 사뭇 느낌이 달랐다.

전사 열 명과 궁수들이 끊임없이 드래곤의 몸을 공격했다. 틈을 보아 샤먼들도 공격 마법을 시전했다.

나는 그들에게 뒤질세라 쉴 새 없이 천낙을 쏟아부었다. 한 번의 동작에 10초쯤 걸린다. 다시 말해 10초마다 2천가량의 데미지를 드래곤의 몸에 입히고 있는 것이다.

드래곤의 반격도 만만치 않았다. 꼬리를 휘둘러 뒤쪽의 전사들을 공격하고 날갯짓으로 화살을 튕겨냈다. 가끔 몸을 일으켜 두 손을 허공에 휘저었다. 그럴 때면 여지없이 거대한 불꽃, 불타는 바윗덩이 따위가 공격대 위로 퍼부어졌다.

움툴바는 그럴 때마다 마을의 전사들에게 피하라는 명령을 내렸다. 공격을 하던 전사들이 그의 구령에 따라 물러섰다가 다시 덤비기를 반복했다.

미처 피하지 못한 전사들은 비명을 지르며 바닥을 뒹굴었다. 단 한 번 공격에 스치는 것만으로도 피가 절반 이상 날아갔다. 샤먼들이 재빨리 그들의 피를 채워준다.

내가 서 있는 곳은 구덩이의 바닥으로부터 5미터쯤 땅이 돋아 있는 장소였다. 다행히 바로 눈앞에 가슴이 있었고, 그만큼 공격하기에 수월한 위치였다.

드래곤이 휘두르는 발톱을 양팔로 막아냈다. 뒤로 주르륵 밀려났지만, 예전처럼 일격사당하지는 않았다.

하지만 그렇다고 해서 드래곤의 공격이 별것 아니라는 뜻은 아니었다. 가장 공격력이 약한 발톱에도 제대로 맞으면 피가 10퍼센트가량 날아갔다.

쏟아붓는 듯한 공격에 얻어맞던 드래곤이 갑자기 나래를 펼쳤다. 앞으로 강하게 한 번 휘두르니 몸이 불쑥 위로 떠올랐다.

동시에 드래곤의 머리가 몸 뒤로 크게 젖혀졌다. 가슴이 부푼다. 나조차도 으스스할 정도의 카르마가 드래곤의 가슴에 응축되기 시작했다.

"피해라! 용이 불의 숨결을 뱉으려 한다!"

드캄—바 사냥꾼들의 지도자인 움툴바가 외쳤다. 드래곤의 정면에 있던 전사, 샤먼, 사제들이 일제히 좌우로 몸을 뺐다.

어떻게 해야 할지 잠시 고민에 빠졌다. 같이 피해야 할까? 하지만 분명 드래곤은 나를 타깃 삼아 불의 숨결, 즉 드래곤 브레스를 쏘아 보낼 것이다.

뒤쪽을 살폈다. 내 주위엔 아무도 없다. 혼자 저 숨결을 맞아 버티지 못한다면 이 사냥은 실패다. 내가 이 공격대의 메인 탱커니까.

나는 오뢰홍강과 금강부동신공을 극성으로 끌어올렸다. 눈앞이 온통 빨개지며 붉은 화염이 내 주위를 완전히 뒤덮었다.

후끈거리는 열기가 느껴졌다. 땅이 지글지글 끓고, 살아 있는 것들은 전부 잿더미가 되었다.

용암의 흐름과도 같은 그 불속에서 나는 아찔한 경험을 했다. 1초에 피가 2천 가까이 줄어들었다. 겨우 3초 만에 눈앞에 생명 위협의 불이 깜빡거렸다.

밖으로 피했던 샤먼들이 일제히 내 몸에 회복 마법인 힐링을 시전했다. 힐링 마법으로 샤워를 한다는 게 무언지 정말 몸소 실감했다.

바닥까지 떨어졌던 체력이 순식간에 끝까지 차올랐다. 하지만 힐샤워 타임이 끝나자마자 다시 체력이 무섭게 떨어져 내렸다.

열탕과 냉탕을 번갈아 들어가는 기분이었다. 심장이 다듬이질하고, 식은땀이 흘렀다. 하지만 땀조차도 드래곤의 숨결에 기화하여 하얀 증기가 되었다.

드래곤의 브레스는 30초 가까이 이어졌다. 그사이 내 체력이 바닥에서 만피까지 왕복하기를 족히 열 번은 반복한 듯싶었다.

샤먼들도 지친 기색을 드러내기 시작했다. 그럼에도 단 한 번도 실수가 없는 것이 과연 NPC다웠다.

끝나지 않을 것 같던 드래곤의 브레스 공격도 서서히 잦아들기 시작했다. 피가 줄어드는 속도가 초당 500 정도로 낮아지고, 불길의 힘도 약해졌다.

천천히 드래곤이 바닥으로 내려온다. 나는 그 분풀이라도 하는 듯 미친 듯이 천낙을 날려댔다.

롤러코스터를 탄 체력 덕분에 몸이 욱신욱신했지만, 기술을 펼치는 데에는 아무런 지장도 없었다.

드래곤이 다시 머리를 들어 올리더니 긴 울음소리를 뽑아내기 시작했다. 주변의 땅이 울리며 흡사 지진이라도 난 듯 흔들렸다.

전사들 중 하나가 갑자기 귀를 막으며 몸을 돌려 달아났다. 드래곤의 울부짖음에 겁을 집어먹은 것이다. 샤먼이 그에게 용기를 북돋아주는 마법을 걸어주자 간신히 달아나기를 멈추고 다시 드래곤에게 덤벼들었다.

드래곤의 울음은 내 몸에도 영향을 주었다. 세반고리관이 흔들렸는지 몸이 말을 듣지 않았다. 술 취한 듯 비틀거리는 내게 사제가 마법을 걸어주었고, 그제야 간신히 몸의 균형을 되찾을 수 있었다.

회복되는 순간, 나는 삼라일규를 시전했다. 천낙을 쉴 새 없이 때려 부은 탓에 카르마가 상당히 줄어들어 있었다. 그사이 드래곤이 울부짖음을 멈추었다.

드래곤이 갑자기 고개를 휙 돌렸다. 나에게서 드캄―바의 전사에게로 타깃팅을 바꾼 것이다. 그 전사는 깜짝 놀라며 뒷걸음질을 쳤다. 그 순간 드래곤이 목을 길게 뻗어 전사의 몸통을 우걱 하고 물어버렸다.

"으아아악—!"

전사가 비명을 지르고, 이번에는 샤먼들이 힘을 합쳐 그 전사에게 힐링 마법을 퍼부었다. 간신히 숨을 헐떡거리는 것으로 보아 죽음은 면한 모양이었다.

드캄—바 전사를 죽이는 데 실패한 드래곤이 입안의 것을 뱉어내며 주위를 돌기 시작했다.

나는 그사이에도 드래곤의 주의를 끌기 위해 끊임없이 공격을 퍼부었다. 하지만 그런 것과는 상관없이 무작위로 공격을 퍼붓는 듯 보였다.

"용과 눈이 마주치면 곧바로 도망치도록 해라! 절대로 용의 공격을 정면에서 받지 마라!"

움틀바가 다시 명령을 내렸다. 드래곤은 그 말을 알아듣기라도 한 듯 으르렁 하는 울음소리를 냈다. 그 무지막지한 괴물이 움틀바를 노려보았다.

움틀바는 역시 노련한 사냥꾼이었다. 드래곤이 자신을 보자마자 곧바로 몸을 돌리더니 저 멀리 달아나기 시작했다. 그를 쫓는 드래곤의 몸에 드캄—바의 전사들이 일제히 강력한 공격을 퍼부었고, 견디다 못한 드래곤이 결국 움틀바에게서 눈을 돌렸다.

비슷한 패턴의 공방이 잠시 이어졌다. 하지만 드캄—바 부족의 능수능란한 대처로 별다른 피해는 입지 않았다.

다시 드래곤이 나를 주시했다. 내가 두 번째 삼라일규 스킬을 활성화시키는 순간이었다.

앞발을 들어 올리며 드래곤이 다시 마법을 외기 시작했다. 하지만 지금까지와는 느낌이 달랐다.

입을 통해 흘러나오는 드래곤의 목소리가 문자가 되어 주변을 휘감고는 하늘 높은 곳에 마법진을 그리기 시작했다. 한 샤먼이 그 모습을 보며 외쳤다.

"미티어 스트라이크다!"

판타지 쪽에는 문외한이었지만, 강력한 마법하면 거의 대표 격으로 등장하는 주문이었다. 운석을 떨어뜨리느니 소환하니 하는 싸움까지 있었던 것으로 기억한다.

뭐든 간에, 드캄—바의 전사들이 놀라 외칠 정도면 분명 위력이 대단할 것이다. 지금까지 나에게 명령을 하지 않던 움툴바가 처음으로 말을 걸어왔다.

"한큐, 저것은 아무리 자네라 할지라도 맞지 않는 게 좋네. 바닥에 그림자가 생기면 전력으로 그곳에서 벗어나게."

부족의 다른 전사들에게도 비슷한 지시를 내리며 움툴바는 하늘을 찌푸린 눈으로 바라보았다.

잠시 드래곤에게 하던 공격이 멈추었다. 먼 하늘 높은 곳으로부터 긴 검은색 꼬리를 달고 불덩이 하나가 떨어져 내려왔다. 운석 소환이었다.

운석의 크기는 생각보다 크지 않았다. 사람의 머리통 정도? 하지만 떨어져 오는 속도가 무시무시했다. 저 멀리 검은 연기가 흐르나 싶더니 금세 코앞까지 내려왔다.

전사들은 자신이 딛고 있는 땅에 운석의 그림자가 생기자마자 주변으로 피해 달아나기 시작했다. 바닥까지 도달한 운석은 그대로 폭발하며 주변에 피해를 입혔다. 그림자를 보고 피한다 해도 완전히 피하는 것은 어차피 불가능했고, 전사들 중 여럿이 피를 토하며 바닥에 쓰러졌다.

그들을 치료하는 것도 쉬운 일은 아니었다. 샤먼들이라 해도 운석을 맞지 않는 것은 아니었다. 좌로 뛰고 우로 달리며 힐링을 하는 게 보통 어려운 일이 아니었다.

다행히 운석의 파편 정도에 맞아서 어떻게 될 내 몸뚱이는 아니었다. 파편 한 덩이의 데미지는 기껏해야 20~30 정도였고, 나는 거의 상처 없이 미티어 스트라이크 스킬을 피해낼 수 있었다. 그게 아니었더라면 샤먼들의 힐 부족으로 전사 여럿이 죽임을 당했을 것이다.

드래곤 사냥도 거의 막바지에 이른 듯했다. 멀쩡하던 드래곤의 몸뚱이 이곳저곳이 만신창이가 되어 있었다. 브레스―

물리 공격+마법 공격—미티어 스트라이크—울부짖기의 공격 패턴을 세 번쯤 반복하더니 어깨가 눈에 띄게 가라앉았다. 공격 속도도 상당히 느려졌다.

한편, 드캄—바 부족의 상태도 그리 좋은 편은 아니었다. 샤먼 중 두 명은 몸 안에 카르마가 남아 있지 않다며 전투에서 이탈했다. 그런 상황이다 보니 피가 얼마간 줄어든 전사들도 적극적인 공격을 펼치는 게 불가능했다.

채찍처럼 날아오는 드래곤의 꼬리에 어깨를 얻어맞아 피가 쑥 줄어들었다. 주위를 보니 샤먼들이 조금 당황해하는 눈치였다. 마나가 얼마 남지 않은 모양이었다.

그 순간 내 머릿속에 한 가지 아이템이 생각났다. 작년 크리스마스 이벤트 던전에서 얻었던 크리스마스 캔디. 던전을 세 번 돌아 한 번은 인형에, 나머지 둘은 캔디가 나왔었다.

드래곤의 가슴팍에 천낙을 먹이며 곧바로 모험가 가방을 뒤졌다. 현실이라면 찐득하게 녹아내린 사탕이 잡혔겠지만, 다행히 그러지는 않았다.

곧바로 사탕을 입에 넣고 우드득 씹었다. 몸 안에 향긋한 향이 퍼졌다. 박하 향과 조금 비슷했다.

체력이 차오르기 시작했다. 설명에 의하면 전체 체력의 절반이 찬다고 했다. 내 경우라면 3천 가까운 수치다.

체력이 차오르는 나를 보며 드캄—바 부족의 전사들이 일제히 환호성을 질렀다. 별게 다 사기를 높여준다는 생각을 하며 나는 젖 먹던 힘까지 뽑아내 드래곤의 몸통을 가격했다.

그 순간, 타깃팅이 사라졌다. 이런 감각이 뜻하는 것은 둘 중 하나이다.

상대가 도망을 쳤거나 죽었거나.

하지만 드래곤의 몸은 지금 내 눈앞에 있으니 도망친 것은 아니었다. 혹시나 하는 마음에 다시 한 번 드래곤을 쳐다보았다. 이름이 바뀌어 있다.

레드 드래곤의 유체.

드래곤의 몸에서 영혼 같은 느낌의 붉은 빛이 뿜어져 나왔다. 한데 뭉쳐 투명한 붉은 구슬처럼 되더니 산맥 너머로 날아갔다.

곧추들었던 드래곤의 머리가 휘청거렸다. 그리고는 바닥으로 쓰러져 내렸다. 거목이 무너지는 듯한 느낌이었다.

쿠우웅—

울림이 계곡에 메아리치고, 나는 그 자리에 멍하니 서 있었다.

30분? 적어도 그 정도 시간은 걸린 듯했다.

저 드래곤을 쓰러뜨리는 데.

나를 비롯한 드캄—바 전사들의 외침이 원시림에 길고 멀
게 메아리쳐 퍼져 나갔다.

2

드캄—바 마을의 모든 사람들이 동원되었다. 드래곤의 유
체를 날라오기 위해서였다. 한 번에 끌고 오는 것이 불가능했
기에 목과 꼬리, 날개 등 몸통 밖으로 빠져나온 부분들을 잘
라냈다. 도끼와도 같은 커다란 칼로 몇 번이나 내려쳐 간신히
분리하는 데 성공했다.

12세 이용가치고는 조금 잔인한 광경이었지만, 피가 튀고
단면이 생생한 그래픽들은 구현되지 않아 역겹다는 느낌은
들지 않았다.

커다란 수레를 이용해 몇 번이나 실어 나른 후에 드래곤은
드캄—바 마을 안으로 모두 옮겨졌다. 꼬박 하루 이상 걸린
대작업이었다.

당연한 이야기지만, 마을은 단번에 축제 분위기가 되었다.
사람들은 나를 상석에 앉히고 드래곤의 고기로 만든 갖가지
음식들을 만들어 날랐다.

부족장과 움틀바, 엘모아 신전의 사제 등 드캄—바의 지도
자급 인사들이 내 곁에서 함께 음식을 나누어 먹었다.

"부족장님, 드래곤을 해체하던 전사들이 모든 작업을 마쳤다는 보고를 해왔습니다."

한 전사가 축제의 장에 뛰어들며 보고를 했다. 부족장이 자리에서 반쯤 몸을 일으키며 물었다.

"오오, 그것참 수고가 많군그래. 얻은 것들을 보고해 주겠나?"

"예. 먼저 드래곤의 가죽에 대해 말씀드리겠습니다. 전투 도중 상한 부분을 제외하고 채취한 결과 등 가죽이 250장, 배 가죽이 130장 나왔습니다. 날개 피막도 70장 분량은 됩니다."

'장'이라는 기준은 어디까지나 게임을 위한 단위였다. 보통 장갑을 만드는데 두 장의 가죽이, 상체의 갑옷을 만드는데 열두 장 정도 필요하다.

"훌륭하군그래."

"감사합니다. 다음으로 드래곤의 뼈입니다. 드래곤의 단단한 뼈가 70조각, 드래곤의 뼈가 170조각입니다."

이어서 그의 보고가 이어졌다. 종합해 보자면,

드래곤의 긴 뿔 두 개, 드래곤의 짧은 뿔 여섯 개, 드래곤의 날카로운 이빨 스무 개, 드래곤의 발톱 열여섯 개였다.

"드래곤 하트는 어떤가?"

사냥꾼들의 리더 움툴바가 보고에 끼어들었다. 드래곤 하트는 샹그릴라 세계의 설정상 드래곤의 신경 결정에 생기는 마력의 덩어리 같은 것이었다.

"드래곤 하트는 모두 두 개가 발견되었습니다. 그로 미루어볼 때 사냥감은 갓 성인이 된 2천 살가량의 드래곤인 듯합니다."

"그렇구만!"

"그리고 드래곤의 피부 속과 위장 등에서 나온 것들은 이렇게 따로 챙겨왔습니다."

보고하던 드캄—바 전사의 손짓에 뒤따르던 다른 전사 하나가 쟁반을 바닥에 내려놓았다. 찰그랑 하는 소리가 나며 쟁반 위에 있던 물건들이 화톳불 빛을 반사해 반짝였다.

투박한 나무 쟁반 위에는 보석과 무기, 장신구, 갑옷 따위가 한가득 쌓여 있었다. 부식해 쓸 수 없어 보이는 것이 대부분이었지만, 어떤 것은 드래곤의 위 속에서 나온 주제에 새것처럼 반짝거렸다.

부족장이 내게 말을 걸었다.

"저것들은 대부분 자그마한 인간들이 쓸 수 있는 것들이네. 혹시 자네에게 소용되는 것이 있는지 한번 살펴보게나. 우리 부족이 회의한 바, 세 개를 자네에게 양보해야 한다는 결론을 내렸네."

사실 내가 아니었다면 드래곤을 잡는 것은 불가능했을 것이다. 하지만 반대로 드캄—바 부족 없이 나 혼자 드래곤을 잡을 수 있는 것도 아니었다. 공평하게 보물을 나누는 것에는 불만이 없었다.

나는 자리에서 몸을 일으켜 보물이 쌓여 있는 쟁반 쪽으로 다가갔다. 처음 눈에 띈 건 주먹만 한 보석들이었다. 모르긴 해도 내다 팔면 값이 엄청날 것이다. 500로스? 어쩌면 1,000로스 정도 받을 수 있을지도 몰랐다.

하지만 일단은 장비들부터 살펴보기로 했다.

녹슬어 낡은 장비들을 옆으로 치우고, 반짝이는 검 한 자루를 들어보았다. 매직급의 바스타드 소드였다. 문기가 손에 넣은 것과 성능이 비슷한 무기다.

그것을 내려놓고 방패를 들어보았다. 탱킹을 하려면 방패가 있어야 한다. 이건 샹그릴라 세계에서는 상식에 가까웠다. 매직급 방패 하나가 상점제 중갑 풀세트와 방어력이 비슷했다.

방패 역시 매직급이었다. 역시 드래곤이라 그런지 뱉는 아이템 하나하나가 매직급이다.

하지만 나에게 소용이 되는 장비는 눈에 띄지 않았다. 가죽갑옷이나 경갑 신발, 장갑 말고는 필요없었으니까.

장비들을 하나하나 치우자 아래쪽에서 또 보석 몇 개가 눈에 띄었다. 그냥 저거나 주워 갈까 하는 생각을 하던 무렵, 반지 하나가 보였다.

Item

[벨프라인 공의 반지]

벨프라인 성의 공작 가문에서 대대로 내려오던 반지. 100년 전, 드래
곤 사냥을 위해 켈드리안 산맥으로 떠났던 유타 폰 벨프라인이 실종
되며 반지 역시 행방불명되었다.

등급:매직급
옵션:체력 최대치 +500, 카르마 최대치 +500
　　힘 +1, 민첩성 +1, 매력 +5

　어차피 지금 반지를 한 개도 차지 않고 있었다. 좋은지 나
쁜지는 둘째치고, 없는 것보다는 나을 테니 반지를 손에 챙겼
다.
　더 이상 얻을 것이 없어 나는 적당히 아무 보석이나 하나
주우려 했다. 하지만 그 순간 한 가지 생각이 떠올라 손을 멈
추고 몸을 돌려 부족장을 보았다.
　"부족장님, 제게 주실 드래곤의 부산품은 얼마나 됩니까?"
　"음? 전체를 서른넷으로 나눈 것 중 하나일세. 나누어 떨어
지지 않을 경우에는 하나씩 더 주기로 회의를 했네. 어디까지

나 자네의 공을 치하하는 의미에서일세."

"감사합니다. 그럼 여기 있는 보물 두 가지를 포기하는 대신에, 부산물을 좀 더 갖는 것은 어떻겠습니까? 그리고 그것으로 제가 입을 수 있는 갑옷을 만들어주십시오. 드캄—바 부족은 용 사냥을 해오던 부족이니 드래곤 가죽을 가공할 수 있는 기술도 있을 것 아닙니까?"

부족장이 음, 하며 고개를 끄덕였다.

"물론이네. 샹그릴라에서 우리 부족보다 드래곤 가죽을 더잘 다루는 부족은 없지."

잠시 고민하던 부족장이 다시 입을 열었다.

"그렇다면 자네에게 가죽을 각각 두 장씩 더 주기로 하겠네. 드래곤의 등가죽 아홉 장과 배 가죽 여섯 장, 날개 피막을네 장 주겠네. 그 정도면 드래곤의 뼈와 섞어서 상의와 하의를 만드는 데 부족함이 없을 걸세. 어떤가?"

나는 단번에 찬성을 표했다.

부족장이 가까운 곳에 있던 드캄—바 공방의 주인에게 명령을 했다.

"그대는 내일부터 드래곤 슬레이어 한큐를 위해 옷을 만들게나. 모든 정성을 다해 최고의 것을 만들어주게. 이는 우리의 일족과도 같은 친구에 대한 우정의 표시이며 또한 우리 부족의 긍지이네."

"알겠습니다, 부족장님."

드래곤의 가죽으로 만든 장비라니……. 나는 생각하는 것
만으로도 설레었다. 공방의 주인은 다 만드는 데 일주일이 걸
릴 것이라 말을 했고, 나는 그동안 부족의 사람들과 사냥하며
경험치 획득 작업을 조금 더 해야 했다.

며칠 후, 드디어 드래곤 부산품으로 만든 아이템을 받았다.

Item

[레드 드래곤 하이드 슈츠(Red Dragon Hide Suit)]

붉은 용의 가죽과 뼈로 만든 갑옷 상의.

등급:매직급
방어력:56
옵션:체력 최대치 +450, 카르마 최대치 +350
　　힘 +3, 화(火) 속성 마법에 대한 내성 +10%

Item

[레드 드래곤 하이드 트라우저즈(Red Dragon Hide Trousers)]

붉은 용의 가죽과 뼈로 만든 갑옷 하의.

등급:매직급
방어력:53
옵션:체력 최대치 +400, 카르마 최대치 +300
　　민첩성 +3, 화(火) 속성 마법에 대한 내성 +10%

　둘 모두 내 마음에 쏙 드는 모습이었다. 어두운 붉은색을
띠었는데, 디자인도 상당히 멋있었다. 어깨를 비롯한 다른 상
점제 옷들이 초라할 정도였다.

　내친김에 모든 부분을 드래곤 가죽으로 만든 옷으로 채우
고 싶었다.

　애초에 드래곤 슬레이어 퀘도 연속 퀘스트에 해당했다. 분
명 용 사냥꾼의 후예들 1이었으니까.

　하지만 내 바람은 움틀바의 한마디로 좌절되었다.

　"미안하네, 한큐. 우리 부족은 지난번 용 사냥으로 너무 많
은 힘을 소진했네. 전투에 참가했던 전사들이 아직 침대에 누
워 있지 않나? 한동안 그런 대단한 사냥은 할 수 없을 것 같
네."

　하긴, 용 사냥을 매일같이 할 수 있으면 세상에 매직 아이
템이 흘러넘칠 것이다. 아니나 다를까, 퀘스트도 더 이상 활
성화되지 않았다.

이제 정말로 켈드리안 산맥에 머물러 있을 이유가 없었다. 여관에서 가구 안에 넣어두었던 몇 개의 소재와 아이템 등을 다시 가방에 꾹꾹 눌러 담은 후 나는 요키로 걸음을 돌렸다.

드캄—바의 주민들은 마을 밖으로까지 나와 나를 전송해 주었다. 특히 나와 많은 시간을 보낸 움툴바는 친자식을 떠나 보내는 듯 눈물까지 글썽였다. 그들을 보고 있자니 그냥 드 캄—바에 영원히 머물며 마을 사람으로 살아가는 것도 괜찮을 것 같다는 생각이 들었다.

그런 감정들을 누르며 나는 질뢰무영답 십성의 스킬을 시전해 나는 듯 산록을 따라 달리기 시작했다.

17렙에 스킬도 들쭉날쭉하던 나의 캐릭터는 이제 매직급 아이템을 세 개나 가지고 있는 40레벨의 캐릭터가 되어 있었다. 욜 숲에서 고생을 하던 게 엊그제 같은데, 이제는 샹그릴라의 어느 누구도 두렵지 않았다.

꼬박 하루의 플레이 타임을 전부 써서 나는 간신히 요키가 저 멀리 보이는 장소에 도달할 수 있었다.

학교는 온통 샹그릴라의 이야기로 가득 차 있었다.

샹그릴라를 플레이하는 고등학생은 둘에 하나가 넘었다. 게임은 더 이상 일부 마니아를 위한 놀이가 아니었다.

샹그릴라가 출시된 지 반년 만에 이런 우스갯소리까지 나오고 있었다. 세상 사람은 둘로 나뉜다. 샹그릴라를 하는 사람과 하지 않는 사람.

그렇다 보니 고등학생들 사이에서 샹그릴라를 이야기하는 것은 전날 했던 예능 프로나 드라마를 이야기하는 것만큼이나 자연스러웠다.

그럼에도 이날 유난히 시끄러웠던 건 어느 사건 때문이었다.

"여, 좋은 아침."

명철이 곁에 앉자, 한규가 인사를 했다. 명철이는 한규의 인사를 받는 둥 마는 둥 하며 의자를 바짝 당겨 앉았다.

"한큐, 큰일 났어."

"음? 뭐가?"

"아, 글쎄, 있잖아! 아, 너는 그 메시지 못 봤냐?"

"음? 뭐 말이야?"

"어제 샹그릴라 하지 않았어?"

"했지. 뭔데 그래? 뜸들이지 말고 빨리 말해."

한규가 재촉하는 말에 명철이가 무어라 말을 하려 했다. 하지만 타이밍을 놓쳤다. 문기가 들이닥친 것이다.

"한큐, 어제 그 메시지 봤냐?"

"너도 그 얘기냐? 뭔데 그래?"

문기가 무슨 물건을 보듯 한규를 내려다봤다.

"게임하다 졸았냐? 아니, 어차피 자면서 하는 게임이니 졸 수는 없지."

"그러니까 뭐냐고?"

답답하다는 듯 한규가 언성을 높였다.

"뭐긴, 그 메시지 말이야. 어제 레드 드래곤 한 마리가 플레이어에 의해 잡혔잖아."

한규는 덜컥했다.

모를 리가 있나? 그 레드 드래곤을 잡은 게 바로 자기 자신인데.

하지만 놀란 척 연기를 해야 했다.

"에에? 정말로?"

"야! 화면에 커다랗게 메시지가 떴잖아. '레드 드래곤을 사냥한 플레이어가 처음으로 등장했습니다. 최초의 드래곤 슬레이어의 명성이 샹그릴라의 세계에 퍼지고 있습니다' 라고."

"아, 아, 그게 그 말이었냐?"

아마 샹그릴라 세계에서 그 메시지가 뜨지 않은 캐릭터는 한큐 하나뿐이었을 것이다. 한규는 놀랐다는 얼굴을 억지로 만들며 말을 이었다.

"그런데 그게 뭐……. 지금 최고 렙은 벌써 60을 넘었잖아."

"야, 야, 드래곤은 가장 레벨이 낮은 게 90이야. 그리고 하나같이 공격대 몬스터이고. 63레벨짜리가 어떻게 90레벨 몬스터를 잡냐? 지금 그래서 난리가 난 거 아냐. 실은 63레벨이 서버 최고 레벨이 아닐 거라고. 90렙을 넘은 캐릭터가 이미 있는 거 아니냐고."

"말도 안 돼. 이제 서버가 열린 지 반년 조금 넘었잖아."

"그야 나도 죽도록 렙업해 이제 56이니까. 그렇지만 혹시 아냐? 20시간 풀로 정액제 끊어서 쉬지도 않고 플레이한 인간이 있을지도 모르잖아. 요즘 들어 고렙들의 렙업 속도가 제법 올라간 것도 엘아힘의 플레이 타임 정책이 바뀐 그것 때문이잖아."

"그래도……. 어쩌면 그냥 그런 퀘가 있을지도 모르지. 맛보기로 드래곤 사냥을 즐길 수 있도록 해둔 퀘스트 말이야. 플레이어 하나에 NPC 100명, 뭐 이런 식으로 공격대를 만들어서."

"어, 그건 가능할지도."

문기가 수긍을 하고 나선다. 명철이도 고개를 끄덕였다.

"하긴, 그런 식이라면 60레벨대도 드래곤을 잡는 게 불가능하지는 않겠지. 아무튼 그 일로 게임계에서는 벌써 기자가 라티어스에게 인터뷰를 시도하고 있다더라."

라티어스는 바로 63렙 캐릭터를 소유한 인물이었다. 하지만 사생활은 전혀 공개되지 않았고, 심지어 여자인지 남자인지조차 알지 못했다. 게임 내에서는 케세린 공화국의 남자 기계창기사 캐릭터를 키우고 있었다.

"아마 라티어스는 아닐 거야."

문기가 팔짱을 끼며 말했다.

"음? 왜요?"

명철이 되묻는 말에 문기가 웃었다.

"케세린 공화국의 돼지가 그런 일을 해냈을 리 없잖아."

"형두……."

진지하게 들어서 손해 봤다는 듯 명철이가 말꼬리를 흐리자 문기가 다시 말을 이었다.

"그 사람, 사생활은 비밀이지만 게임 내 이야기는 떠벌리기 좋아하는 편이잖아. 정말 그 사람이 드래곤을 잡았으면 동네방네 떠들고 다녔을 거야. 그런데 아직까지도 잠잠하잖아. 지금 인터뷰에 응하지 않고 있는 것도 서버 최고 렙이면서 드래곤을 잡지 못한 게 창피해서일걸?"

"그건 일리가 있네요."

샹그릴라 내의 일은 이미 현실에까지 영향을 끼치고 있었다. 오전 내내 수업 분위기가 진정되질 않았다.

심지어 샹그릴라에 깊이 빠져 있는 교사의 경우에는 수업을 때려치운 채 아이들과 드래곤 슬레잉에 대한 이야기를 나누었다. 아무리 2월의 자투리 수업이라지만, 내일모레면 고 3인 학생들을 상대로 말이다.

반 친구들의 그런 모습을 보며 한규는 웃음이 절로 나왔다. 마음 같아서는 내가 했다고 외치고 싶었지만, 그럴 수 없는 게 한이었다.

"드래곤을 잡으면 뭐가 나올까?"

허공에 붕 뜬 눈빛으로 명철이가 중얼거렸다.

"글쎄, 매직급 아이템 몇 개 나오지 않을까? 무두질하면 드래곤 가죽 같은 것도 나올 테고."

"전설급이 나올지도 몰라."

명철이의 말에 한규는 속으로 고개를 저었다. 안 나오더라, 라고 속으로 중얼거리며.

"글쎄."

"아무튼 굉장하다. 나는 이제 겨우 50렙을 넘었는데 누구는 드래곤을 잡고 있고."

"뭐, 몇 달만 더 하면 드래곤 사냥할 수 있는 렙에 닿을 거 아냐."

"그야 그렇지만, 나는 상인 캐릭터라 직접 전투에 참가하는 건 무릴 거야. 공격대의 자금 담당 같은 걸 해서 가면 모를까."

"언제는 상인이 좋다면서 후회하는 거야?"

명철이는 한규의 물음에 고개를 저었다.

"그건 아니지만, 그래도 가끔 전투 캐릭터가 부럽기는 해. 나 그래서 지금 3차와 4차 전직 때 전투 속성을 섞을까 고민 중이야."

샹그릴라는 10레벨에 1차로 직업을 선택한 후, 30, 60, 90에 각기 한 번 전직을 할 수 있었다. 전직에는 1차 직업의 특성을 점차로 강화해 가는 트리가 있는가 하면, 다른 직업의 특성을 얼마간 갖추는 길도 있었다. 검사가 마법을 익혀 마법검사가 되는 식이었다.

"그것도 나쁘진 않겠지만, 이도저도 아닌 잡캐 되는 거 아냐?"

"그게 좀 걱정이긴 하지만……."

한규는 말을 하며 그러고 보니 2차 전직을 하지 않았다는 생각이 들었다. 렙업이니 스킬 성장이니에만 신경을 쓰다가 40렙이 넘도록 1차 전직 직업인 카르마 유저에 머물러 있는 것이었다.

한편으로 히든 클래스였기에 정보가 전혀 없어서 어떻게 전직을 해야 하는지도 모르는 것이 지금까지 전직을 미뤄온 이유였다.

빨리 전직을 해야 카르마 마스터의 목걸이도 착용할 텐데 하는 생각에 한규는 샹그릴라에서 해야 할 일에 전직도 추가

시켰다.

3

조성철의 머릿속에는 한 달여 전에 읽었던 문서에 대한 것이 떠나지 않고 있었다. 사이버 수사팀인 최호열이 정보계의 친구에게 얻어왔다는 첩보 비슷한 문서였다.

근무가 끝난 후 성철이는 호열이와 여자 친구인 매영이를 한자리에 불렀다. 술 한잔하자는 핑계를 걸고.

"웬일이야? 이렇게 갑자기."

잔업이 있다며 조금 늦은 출석을 선언한 호열이와는 달리 매영은 거의 약속 시간에 맞추어 모습을 드러냈다.

"아, 그냥. 할 얘기도 좀 있고."

"할 얘기? 나뿐만 아니라 호열 씨도 불렀다면서."

"응. 추우니까 일단 자리 잡고 얘기하자."

안양경찰서에서 그리 멀지 않은 범계역 인근의 유흥가를 두리번거리던 성철이 점찍은 곳은 일본식 선술집이었다. 성철이나 매영 둘 다 꼬치구이류를 좋아하는 데다가 조용할 듯도 싶었다.

천장이 낮은 2층 구석자리를 잡으며 따뜻한 청주 하나와 모듬꼬치를 시켰다. 먼저 나온 밑반찬들을 젓가락으로 헤집는 성철이를 보며 매영은 고개를 갸웃했다.

"무슨 얘긴데 이렇게 뜸을 들여?"

여전히 반응이 없다.

"프러포즈라도 할 거야? 이런 데서 하면 거절할 거야."

우스갯소리를 건네자 성철이 매영을 보며 간신히 웃었다. 그리고는 입가에서 웃음을 지우며 다시 입을 열었다.

"요즘 들어 불길한 생각이 자꾸 들어."

"응?"

"실은 한 달쯤 전에 호열이가 대외비 문서를 하나 내게 보여주었어."

"대외비? 그럼 나한테 이야기하면 안 되는 거 아냐?"

매영이 마음에도 없는 소리를 한다. 말하지 않는다 해도 조르고 졸라 듣는 게 기자 은매영이다.

"너만 알고 있어."

"기사로 쓰면 안 된다는 얘기지?"

"그래."

그 사이 안주보다 먼저 청주가 나왔다. 뜨거우니까 조심하라는 서버의 말에 고맙다는 인사를 건성으로 하고 성철이 다시 매영을 바라보았다.

"JK소프트웨어의 합병 건에 대한 문서였는데…… 실은 합병되기 한 시간 전에 경찰서로 신고가 하나 접수되었대."

"신고?"

매영은 성철이를 대신해 청주를 잔에 나누어 따랐다. 평소에는 제법 챙기더니 지금은 생각이 완전히 딴 데로 가 있는 모양이었다.

그때, 성철의 전화기가 울리기 시작했다. 손바닥을 앞으로 내보이며 성철이 핸드폰을 살펴보았다.

"호열이냐? 여기 범계역 근처. 은행 옆길 따라 쭉 들어오다 보면 '미락'이라는 선술집 있을 거야. 응, 그래. 거기 2층으로 와."

전화기를 다시 주머니에 넣으며 성철이 다시 말을 이었다.

"납치 신고였어, JK소프트의 사장 딸이 납치됐다는. 하지만 10분도 지나지 않아 다시 경찰서로 전화를 해서 신고 취소를 했다더라고. 그래서 사건화되지는 않았는데……."

"그리고 한 시간 후에 JK소프트가 주에스 크로스 사에 전격 합병되었다?"

성철이 고개를 끄덕거린다. 매영의 말이 이어졌다.

"그리고 그날 밤, 샹그릴라의 수석 개발자는 요 1년 사이 한 번도 일어나지 않은 전철 선로 추락사를 하게 되고."

성철은 매영을 조용히 바라만 보았다. 한상의 죽음에 대한 의문을 표한 것은 매영이가 훨씬 먼저였다. 그때만 해도 성철은 애써 부인을 했다.

하지만 이미 우연이 몇 개나 겹쳤다. 더 이상 우연이라는 말로만 넘길 수는 없었다. 직감 같은 애매한 말을 쓸 것도 없었다.

갑자기 매영이 술잔을 들어 입에 탁 털어 넣었다. 아직은 뜨거운 청주를 그대로 목구멍으로 삼키고는 버럭 소리를 질렀다.

"야, 조성철!"

"……."

"한번 해봐."

성철이 매영을 물끄러미 바라 보았다.

"해보라고!"

뭘 하라는 건지 성철이 모를 리 없다. 늘어져 있던 어깨에 힘이 들어가고 매영의 말에 고개를 끄덕였다.

"해야지."

"그래, 그래야지."

"해야지, 그럼. 어느 누구도 아니고 한상이잖아?"

매영이 싱긋 웃는다. 성철은 그녀의 미소에 아찔한 기분까지 들었다. 미소를 지으며 말했다.

"지금 프러포즈하면 정말 거절할 거야?"

매영이 볼을 살짝 붉히고 시선을 피했다.

"당연하지, 이 멍청아."

두 사람은 머리를 맞대고 다시 목소리 톤을 낮췄다.

"일단 나는 한상이의 사고 현장에 있던 그 직원을 만나볼 생각이야. 사건을 처음부터 다시 철저히 조사해야지. 내 관할이 아니니 퇴근 후에야 하게 되겠지만……."

"나도 JK소프트 합병 건에 대해 좀 더 파고들어 볼게."

이야기를 하는 사이 모듬꼬치 안주가 나왔다. 마침 거의 동시에 도착한 호열은 성철의 밝은 얼굴에 고개를 갸웃했다.

"계장님, 어째 얼굴이 피셨네요. 역시 애인이랑 같이 있으면 뭐가 달라도 달라요."

성철이가 웃으며 호열의 말을 받았다.

"어서 와. 그러니까 너도 어서 여자 친구를 만들라고."

매영이도 호열에게 꾸벅 인사를 하고 말한다.

"호열 씨, 오래간만이에요. 후배 몇 명 있는데 소개시켜 줄까요? 공무원이라고 하면 다들 좋아라 할 텐데."

"됐어요. 게다가 요즘 마음에 담아둔 여자가 있어서……."

호열은 외투를 벗고 의자를 당겨 앉으며 답했다. 그의 폭탄 선언에 성철이 깜짝 놀란다.

"응? 정말?"

"그럼 제가 계장님을 상대로 거짓말을 하겠습니까?"

매영이가 한마디 하며 끼어들었다.

"설마 게임 속 NPC를 상대로 사랑에 빠졌다거나 그런 소리를 하는 건 아니겠죠? 요즘 들어 샹그릴라 속에서 NPC와 결혼하는 사람이 종종 생겨나고 있다던데."

농조로 던진 매영의 말에 호열이 배시시 웃었다.

"에에, 진짜요?!"

매영이 놀라 되묻고, 성철이는 손바닥으로 이마를 가렸다.

"야! 이 미친놈아! 정신줄 좀 잘 잡고 살아라!"

"어차피 전 하루의 2/3를 샹그릴라에 사는 걸요. 게다가 감각으로 느끼는 상대 시간으로 치자면 샹그릴라에서 사는 시간이 훨씬 길어요. 요즘 같아서는 샹그릴라가 실제 살아가는 곳이고 여기가 꿈같은 걸요."

성철은 도저히 이해할 수 없다는 듯 고개를 저었다.

"그래 봤자 게임 속 캐릭터잖아. 복사하면 두 명 되고 네 명 되는……."

"샹그릴라는 달라요. 같은 데이터를 가진 NPC가 단 한 명도 없거든요. 게다가 서버가 여러 개 있는 것도 아니니까 내 사랑 엘류아는 이 세상에 하나뿐이죠. 각 나라마다 서버가 있다 해도 NPC들은 다 달라요."

호열의 대답에 성철은 고개를 저었다.

"나는 도저히 이해할 수 없다."

"하하, 행복은 사람마다 다르다잖아요."

호열 앞에 술잔이 세팅되었다.

"이젠 나도 모르겠다. 안주나 하나 더 시켜라. 저녁 안 먹었잖아."

호열이 고개를 끄덕이며 메뉴판을 손에 들었다. 성철이 그런 호열에게 나지막한 소리로 말했다.

"나 한상이 사건 다시 조사할 거다. 너도 도울 거지?"

호열의 손이 잠시 멈추었다. 그리곤 성철이의 시선을 바라보다 묵직하게 고개를 끄덕였다.

"샹그릴라를 탄생케 한 사람에 대한 일입니다. 한규와도 꽤 친해졌고, 아직 한 번도 만난 적 없지만 한상 씨는 이미 남이라 할 수 없지요."

"좋아, 일단은 우리 셋이서 사적으로 찾아보는 거야. 한상이의 사건이 진짜 사고인지 아닌지."

세 사람이 술이 가득 찬 술잔을 한데 모았다.

한규는 형을 둘러싼 사람들이 어떤 것을 생각하고 있는지 알지 못했다. 2월의 추운 날씨를 종종 원망하며, 전날 일궜던 용 사냥의 업적에 짜릿해하며, 그렇게 그날 밤에도 다시 샹그릴라에 접속했다.

CHAPTER 14

티아메트

1

요키 성은 자유의 도시였다. 그로얀 왕국, 케세린 공화국
어디에도 속하지 않은 이곳은 자유민들이 세운 도시였다. 양
나라 어느 곳의 팩션과도 관계가 없었고, 도시 반경 10킬로미
터 안에서는 전쟁이 금지되어 있다.

이곳에서 가능한 것은 어디까지나 무역이었다. 두 나라
사이의 특산품이 거래되는 곳으로, 거래를 통해 발생하는 세
금이 주 수입원이다, 라는 공식 홈페이지의 설명은 둘째치
고.

성곽조차 없는 요키 성에 들어서며 나는 40레벨 존으로의

여행을 서둘렀다. 얼마 안 되는 고 레벨 존의 아이템들을 처분해 50로스 정도의 돈을 마련했다.

요키에서 40레벨 존까지는 상당히 먼 편이었다. 요키 성 인근은 초보들을 위한 장소였다. 그리고 거기서 조금 벗어난 곳은 곧바로 켈드리안 산맥, 서버의 최고 레벨 존에 속했다. 켈드리안 산맥의 산록 지역이 60레벨부터 시작했으니, 일단 내 레벨에 경험치를 얻기는 어려웠다.

나는 레벨 업을 할 만한 장소를 떠올려 보았다. 욜 숲의 깊은 곳, 벨프스 산맥의 산록, 유피탈 사막, 미들렌 남쪽 평야 정도가 떠올랐다.

그중 유피탈 사막은 가장 먼저 제외했다. 그곳의 몬스터들은 레벨이 너무 들쭉날쭉했고, 밀도도 낮은 편이었다.

사실 유피탈 사막은 한 마리 한 마리의 경험치가 높은 편이고, 전리품이 좋아 가장 유명한 솔플 장소였다. 하지만 이미 40레벨이라고 하기에는 사기성이 짙은 내 캐릭터에게는 솔플보다는 파티플 존이 더 편했다.

욜 숲의 깊은 곳은 덴드로이드와의 팩션이 걸렸다. 미들렌 남쪽 평야는 유피탈 사막과 비슷한 이유로 뺐다. 결국 남은 곳은 벨프스 산맥의 남쪽 산록이었다.

요키에서 사냥터까지는 1,500킬로미터나 떨어져 있었다. 어차피 가야 하는 거라면 돈이라도 한 푼 벌어야겠다는 생각이 들었다.

요키는 그로얀 제국 주요 교역로의 끝점이었다. 반면 주변의 몬스터들은 강한 편이기에 상인 캐릭터나 상인 NPC 모두 용병을 고용해 대상을 운영했다.

퀘스트 게시판은 쪽지들로 북적거리고 있었다. 나는 벨프스 산맥 방향으로 움직이는 대상들을 중심으로 용병 모집문을 살펴보았다.

대부분의 퀘는 올페리움 성으로 향하는 대상들의 것이었다. 올페리움은 켈드리안 산맥 쪽으로 이어진 통로의 그로얀 남쪽 끝점에 있는 성새 도시였다. 요키로부터 북쪽으로 300킬로미터쯤 거리였다.

용병 모집문은 대부분 20레벨에서 30레벨 사이의 플레이어를 구한다는 글이었다.

쭉 훑어보던 중 나는 낯익은 이름을 발견했다.

'장삼뽕' 상단에서 함께하실 표사를 구합니다.

퀘스트의 이름 센스하고, 어느 모로 보나 무림혈비사에서 사인곡주 역을 하던 장삼뽕이었다. 샹그릴라로 간다고 하더니 상인 클래스를 하고 있는 모양이었다.

　　나는 퀘스트의 내용을 대충 살펴보고 곧바로 요키 성의 남
서쪽으로 향했다.

　　플레이어가 주는 퀘스트는 보통 2단계에 걸쳐 퀘스트를 수
락하도록 설계되어 있다. 마을 광장에서 퀘스트 정보를 얻은
후 플레이어가 지정한 장소로 이동해야 한다.

　　그곳에는 보통 퀘스트를 접수하는 '어떤 것' 이 있다. NPC인
경우도 있지만, 단순히 신청서가 비치되어 있는 경우도 있었기
에 이거다 하고 정해진 것은 없었다.

　　장삼뽕 상단은 주점 안에 모집문과 신청서를 비치해 두었다.
내가 신청서를 제출하자마자 눈앞에 시스템 창이 떠올랐다.

동시에 장삼뽕의 목소리가 내 머릿속에 울렸다.

—어서 오세요. 장삼뽕입니다. 님 아이디랑 레벨이 어떻게
되세요?

샹그릴라는 자신이 밝히기 전에는 상대가 결코 레벨과 아
이디 같은 개인 정보를 알 수 없도록 설계되어 있었다. 이건
공격대에 가입하더라도 마찬가지였다.

나는 내 정체를 밝힐 생각은 없었다. 무림혈비사에서 장삼
뽕의 편이 되어준 것도 단지 그가 돈을 가장 많이 주었기 때
문이다.

—이름은 한이고요, 40렙입니다.

—한님, 클래스는 뭐예요?

—파이터요.

—네? 2차 전직 안 하셨어요?

아무 생각 없이 가짜 프로필을 만들다가 한 가지 실수를 하
고 말았다. 30레벨이 넘으면 다들 2차 전직 퀘스트를 받게 된
다. 40레벨의 파이터가 서버 안에 한 명도 없지는 않겠지만,
정상이라고 할 수는 없었다.

—아, 마샬 아츠요. 파이터라는 말이 입에 붙어서…….

—아아! 하긴 저도 누가 물어보면 상인이라고 대답하게 되

더라고요. 지금 클래스는 카라반인데.

　카라반은 상인 클래스의 2차 전직 클래스 중 하나였다. 상업 관련으로 더 많은 스킬을 얻을 수 있는 클래스로, 용병단 모집의 스킬이 나오는 것도 카라반부터였다.

　―그런데 웬 표사예요?

　―히히, 제가 전에 하던 게임이 무림혈비사거든요. '해남' 서버였는데…… 거기서도 장삼뽕 아이디를 썼구요. 그때 들은 말인데, 왠지 멋져서. 용병단이랑 비슷한 거예요.

　―아아!

　역시 그 장삼뽕이 맞았다. 이런 곳에서 다시 만나리라고는 생각도 못했는데…….

　―아무튼 한님, 사람 다 모이면 말씀드릴 테니까 다른 거 할 거 있음 하고 계세요.

　―네, 있다 뵈어요.

　나는 장삼뽕과의 머릿속 대화를 마친 후 요키 성 밖으로 나가보았다. 어느 곳이나 성 주변은 초보 존이었다. 평민의 옷을 걸친 여자 하나가 성벽 밖에서 커다란 전갈 한 마리와 사투를 벌이는 모습이 눈에 들어왔다.

　가까이 다가가 보니 여자의 얼굴에 보라색 구름이 어른거리고 있었다. 전갈의 독에 중독되기라도 한 모양이었다. 그녀는 내 모습을 보자마자 나에게 다가왔다.

"도와주세요!"

체력이 간당간당한 모양이었다. 몸의 움직임에 힘이 없었다. 나는 전갈에게 가볍게 주먹을 날렸다. 단순한 펀치였지만 안에 카르마를 주입하자 전갈의 등짝이 대번에 갈라지며 바닥에 철퍼덕 주저앉았다.

여자가 내 앞에서 허리를 굽히고 헉헉거렸다. 다행히 독으로 죽지 않을 듯싶었다. 얼굴의 보라색 구름이 사라졌고, 그녀는 몸을 일으켜 내게 말을 건넸다.

"고맙습니다."

"아, 네."

"상당히 레벨이 높으신가 봐요. 갑옷이 멋있으시네요."

"아뇨. 이제 겨우 40레벨인데요, 뭐."

"헉! 전 이제 3레벨이에요. 대단하시다!"

"하하하."

당연한 얘기지만 그녀는 상당한 미녀였다. 예쁜 여자가 눈을 반짝이며 대단해요, 멋져요, 하는데 기분 좋지 않을 리 없다.

하지만 그녀가 여자의 모습을 하고 있다고 해서 여자라는 보장은 없었다. 멀리 볼 것도 없이 문블레이드만 생각해 봐도.

그때, 갑자기 한 그녀의 말에 나는 깜짝 놀랐다.

"저는 은매영이에요. 당신은 이름이 뭔가요?"

"에… 저는 성한규인데요?"

"응? 한규? 혹시 안양 서안 고등학교에 다니시나요?"

"매영이 누나야?"

"에에에! 말도 안 돼!"

"진짜 말도 안 돼. 근데 누나, 샹그릴라 시작한 거야?"

"아, 아… 그게, 취재 때문에……."

"푸하하! 근데 그 모습은 뭐야?"

나는 웃음을 터뜨렸다. 현실에서 매영이 누나는 키가 큰 편이었다. 게다가 성가시다며 머리도 기르지 않고 있었다. 하지만 게임 속의 매영은 작은 키에 머리칼은 엉치뼈까지 치렁거렸다. 파마까지 했다.

"시끄러워! 와, 근데 진짜 우연 한번 대단하다. 샹그릴라를 플레이하고 있는 사람이 천만 명이 넘는데 하필 이런 곳에서 이렇게 만나다니."

"그러게 말이야. 가만있어 봐, 누나. 내가 렙업 좀 시켜줄게."

"응?"

나는 곧바로 장삼뻥에게 귀엣말을 넣었다.

―사람 좀 모일 것 같아요?

―네? 아… 좀 걸릴 거 같네요.

―저 그럼 파탈할게요. 아는 사람을 만나서요. 죄송합니다.

―아, 그러세요? 그럼 할 수 없죠.

나는 장삼뻥의 파티에서 탈퇴를 한 후 매영이 누나에게 파티 초대를 걸었다. 매영이 누나는 곧바로 수락했다.

"너 레벨 몇이야?"

누나의 묻는 말에 나는 40레벨이라고 답했다.

"그럼 효율 안 나지 않아?"

"괜찮아. 기본 경험치는 들어가니까."

나는 매영이 누나를 데리고 요키 성 근처의 작은 산으로 향했다. 홈페이지의 지도상으로 룬비스트의 영토라고 했다. 룬비스트는 늑대인간의 모습을 한 비교적 저 레벨의 몬스터였다.

"그나저나 게임에서 만나니 반갑네."

"그러게. 아참, 누나, 그럼 앞으로도 계속 게임할 거야?"

"응? 글쎄… 봐서."

"별로 재미없나 보네?"

"나야 게임은 일 같은 거라서 한 게임에 깊이 빠지기가 힘드니까. 그래도 샹그릴라의 세계가 정말 대단하긴 해. 전에도 기사 때문에 몇 번 접속하기는 해봤지만."

"그치? 형은 진짜 천재라니까."

내 말에 매영이 누나는 한참이나 대답을 하지 않았다.

"한규야……."

"응?"

"아니야."

"왜 그래? 하고 싶은 말 있으면 해."

"아니, 그냥. 잘 지내냐고."

"나야 잘 지내지."

나는 대답을 하며 고개를 갸웃거렸다. 화끈한 성격의 매영이 누나가 말을 돌리는 게 이상하게 느껴졌다.

"한상이는 어때?"

"형? 만날 잠이나 자고 있지만, 잘 지내고 있어."

"하하."

누나가 어색한 웃음을 짓는다. 나는 분위기를 바꿀 겸 다른 말을 꺼냈다.

"그나저나 요즘 성철이 형은 뭐 해? 전에는 툭하면 나 불러서 밥 사준다 하더니 요새는 잠잠하네. 둘이 잘 지내고 있어?"

"응? 그야 물론이지."

"결혼은 언제 할 거야?"

"결혼? 하하, 글쎄."

"누나도 이제 서른, 아니, 서른하나잖아."

내 말에 순간적으로 주변의 공기가 얼어붙었다. 고작 3레벨 캐릭터가 이토록 패도적인 냉기를 내뿜다니!

"한.규.야."

"으, 응?"

"이 누나는 올해로 스물다섯이야. 자꾸 나이를 속이면 쓰겠니?"

"으, 응… 아, 그, 그렇구나."

"그치? 작년에 스물넷이었는데 지금 어떻게 서른하나겠니?"

그러고 보니 작년 초에도 이와 비슷한 대화를 나눈 적이 있는 것도 같다. 작년에도 스물다섯이라고 했던 거 같은데…….

"으, 응……."

지금 발산하고 있는 힘을 마법으로 승화시킨다면 매영이 누나는 서버에서 첫손 꼽히는 얼음 마법사가 될 것이다.

내 뒤로 100마리쯤 되는 룬비스트가 기차놀이라도 하는 듯 따라붙어 있다. 그들의 발자국 소리가 끊임없이 이어진다. 조금 떨어진 곳, 수풀에 몸을 숨기고 있는 매영이 누나는 얼굴이 새파랗게 변해 있었다.

샹그릴라에서 아무리 저렙이라 하더라도 100마리씩 등에 붙이고 살아남는 캐릭터는 찾아보기가 힘들었다. 레벨 차이가 크면 데미지가 거의 들어오지 않는다지만, 세상에 그런 말이 있지 않나. 다구리에 장사 없다고.

내가 이 상태로 버틸 수 있는 건 어디까지나 금강부동신공과 질뢰답무영의 경공 덕분이었다.

얼마간 모였다 싶어 나는 100마리의 룬비스트를 한군데 몰아넣기 시작했다. 겹치는 것이 불가능한 샹그릴라였고, 룬비스트들은 어깨를 서로 맞붙인 채로 제법 넓은 범위 안에 서 있었다.

내가 사용한 스킬은 혼일무극장이었다. 십성, 다시 말해 10레벨 공격력이 400이었다. 레벨 차이와 근력 등이 합쳐져 한 마리당 1천 정도의 데미지는 충분히 입힐 수 있었다.

2.5미터 반경의 기의 폭발이 몬스터들 사이에서 터져 나왔다. 곧바로 나는 몇 군데를 폭심지로 설정해 혼일무극장을 연달아 터뜨렸다.

펑— 펑—

그야말로 아수라장이었다. 겨우 두 방 정도에 룬비스트들이 떼거지로 학살을 당한다. 쉬지 않고 여섯 방 정도를 날리자 룬비스트 대부분이 바닥에 죽어 엎어졌다.

일고여덟 마리쯤 되는 룬비스트의 잔존 병력에게 달려든 나는 가볍게 주먹을 휘둘러 그것들마저 바닥에 쓰러뜨렸다. 늘 고 레벨 존에서 바동바동 사냥을 하다 이렇게 저렙 몹을 학살하니 후련한 기분이 들었다.

수풀 사이에 숨어 있던 매영이 누나가 질렸다는 표정으로 내 곁으로 다가왔다.

"와, 이게 뭐냐? 레벨이 깡패라더니 진짜 심하다."

"히히, 경험치는 좀 들어가?"

"응? 한 마리당 10 정도? 한 번에 1천쯤 먹었네. 순식간에 30프로 채웠다."

"역시 완전 저렙 때는 이렇게 키워주는 게 되는구나. 아무튼 빨리 아이템 챙겨. 5분만 지나면 시체들이 사라지니까."

"알았어."

나와 매영이 누나는 그 뒤로 한참이나 룬비스트의 몸을 뒤적거렸다. 한 50번 허리를 굽혔다 폈다 하니 그럴 리 없는데도 피곤하다는 생각이 들었다. 이건 뭐 모내기를 하는 것도 아니고.

"야, 야, 힘들다."

매영이 누나도 나와 같은 생각인 모양이다. 인벤토리도 저레벨의 잡템들로 그득그득했다.

"근데 너, 40레벨치고도 꽤 센 거 같다?"

매영이 누나가 물었다.

"응? 뭐가?"

"나 이래 봬도 서버 최고 렙 클래스들과 인터뷰도 했어. 얘들 저렙이니 어쩌니 해도 10렙 근처 몹들이잖아. 이런 걸 100마리나 몰아 떼로 잡다니……"

"히히, 내 컨트롤이 워낙 뛰어나잖아."

나는 매영이 누나의 의혹을 대충 얼버무려 답했다.

"하긴, 너야 어렸을 때부터 우슈를 했으니 반사 신경이야 좋은 편이지."

"그치."

이런 식으로 두 번쯤 몰아 나는 매영이 누나를 4렙으로 만들어주었다. 4렙을 달자마자 매영이 누나가 그만 하겠다는 선언을 했다.

"아, 이제 나가봐야겠다."

"응? 왜?"

"기사 써야지. 오늘도 밤샘이다."

"그런가? 하여간 기자도 할 짓 못 되는구나."

"마감 철이니까. 아무튼 게임 작작 하고 공부나 해. 너, 그래 가지고 대학 가겠어?"

"누나도. 내가 대학 갈 정신이 어딨어? 졸업하면 바로 취직해야지."

"안 돼. 학비라면 걱정하지 마."

누나의 말에 나는 곧바로 고개를 저었다.

"거기까지 누나랑 형에게 신세를 질 수는 없어."

"그……."

"장 사부님 제자 중에 우슈 도장을 하는 사람도 있다니까 그쪽으로 취직자리 알아볼 거야. 어쨌든 나도 공인 4단이니까 사범직은 할 수 있어."

매영이 누나는 단호한 내 말에 더 이상 아무 말도 하지 못했다.

"알았어. 그것까지 내가 뭐라 할 건 아닌 거 같다. 아무튼 이 누나는 나가볼게. 나중에 한번 저녁이나 같이 먹자. 성철이랑 같이 놀러 갈게."

"응, 형이랑 누나라면 언제든지 환영이야."

요키 성에 돌아온 후 매영이 누나는 곧바로 로그아웃을 했다. 역시 온라인 게임은 아는 사람과 함께하는 게 재미있다. 어서 게임 안에서 해야 할 일을 끝내고 문기랑 명철이까지 함께 게임을 하고 싶다.

그런 생각을 하며 나는 다시 마을 광장으로 향했다. 처음 목표한 대로 용병단에 들어가 요키 성을 벗어나기 위해서였다.

그 순간,

나는 세 번째로 이상한 경험을 하게 된다. 그리고 그 경험들을 조장한 그녀와 다시 한 번 만나게 되었다.

엘베로사, 혜나 누나를.

2

"혜나 누나."

"엘베로사야!"

"엘베로사……."

엘베로사는 오늘 기분이 좋지 않아 보였다. 열세 살의 소녀가 뺨을 뿔뚱 내밀고 나를 흘겨본다.

"한큐 미워."

"응? 뭐야, 그건 갑자기."

"왜 티아메트 안 깨워?"

"아아, 그 얘기야?"

"한큐 미워."

밑도 끝도 없이 밉다고 말하는 엘베로사가 귀엽게 느껴졌다.

"나 지금 40레벨이야. 티아메트는 샹그릴라에서 가장 강한 두 마리의 드래곤 중 하나잖아. 내 레벨에 거기에 가는 것도 힘들어."

"내가 보내줬잖아. 근데 한큐, 그냥 나왔잖아."

켈드리안 산맥에 던져 놓은 이야기를 하는 모양이었다.

"그야 근처까지 보내주긴 했지만. 거기에 살고 있는 드래곤들이 한두 마리가 아니잖아. 아무리 이름없는 보통 드래곤이라 해도 내가 상대나 될 것 같아? 그때는 17렙이었는데."

"드래곤들은 레벨 낮은 인간 신경 안 써."

그녀 말대로 앞에서 얼쩡거려도 드래곤들이 덤벼드는 일은 없었다. 하지만 아무리 그래도…….

"아무튼 일단 만렙 찍고 나서 깨울게. 지금 깨워봤자……."

엘베로사가 내 말을 끊는다.

"지금 가."

"엘베로사."

"지금 가. 내가 같이 갈 거야."

"응?"

"지금은 나 발견 못해. 그러니까 지금 같이 갈 수 있어."

나는 혜나 누나의 분신 엘베로사를 가만히 내려다보았다. 처음 만났을 때보다는 조금 나아졌지만, 지금도 열세 살짜리 여자라고 하기에는 너무 철이 없었다.

"드래곤이 얼마나 대단한지 알아? 90렙 가까이 되는 NPC 30명이랑 같이 싸워서 간신히 잡았어. 네가 간다고 해서……."

"같이 가."

또다시 엘베로사가 내 말을 끊었다. 동시에 내 주변에 새하얀 빛의 소용돌이가 생겨나 나를 휘감았다.

익숙하다면 나름 익숙하다.

다시 주변이 보이기 시작하고, 나는 또 한 번 켈드리안 산맥의 깊은 곳에 들어와 있었다. 지난번과 달리 엘베로사라는 어린 소녀와 함께.

바위사원에서 나는 아래쪽에 펼쳐진 분지를 내려다보았다. 여전히 드래곤들이 쿵쾅거리며 걸어 다니고 있었다. 나중에 홈페이지의 설정집을 보고 안 일이지만, 이렇게 돌아다니고 있는 드래곤들은 아직 칭호를 얻지 못한 어린 용들이었다.

드래곤은 4천 살이 넘었을 때 처음으로 개체로 인정받아 진짜 이름을 얻게 된다. 그런 드래곤들은 대륙 곳곳으로 흩어져 자신의 둥지를 만들게 되는데, 지난번에 싸웠던 레드 드래곤보다 최소한 열 배는 강하다고 했다.

그렇다 해서 여기 돌아다니는 드래곤들이 약하다는 뜻은 아니다. 내 레벨에는 어떻게 손써보기도 힘든 괴물들이다.

하지만 엘베로사는 그런 것에 개의치 않는 듯 보였다. 몸을 공중에 띄워 서서히 바위사원에서 드래곤들의 계곡으로 내려갔다. 나는 질뢰답무영의 경공으로 그녀의 뒤를 쫓았다.

계곡에 내려온 나는 그녀의 자신감 있는 태도의 근원을 알게 되었다. 드래곤들은 그녀의 모습을 보자마자 몸을 휙 돌려 다른 쪽으로 걸어가기 시작했다. 흡사 그녀가 서 있는 곳이 벽이라도 되는 듯한 몸짓이었다.

나는 고개를 갸웃거리며 그녀의 뒤를 쫓았다. 엘베로사는 점점 더 드래곤들의 계곡 깊은 곳으로 나를 안내해 갔다.

티아메트가 있는 곳은 내가 예상한 그대로였다. 처음 바위사원에서 구규일극을 수행할 때 보았던, 엄청난 카르마가 결집되어 있는 장소가 바로 그곳이다.

반경 30미터는 족히 될 듯한 동굴의 입구가 눈앞에 나타났다. 동굴은 아래로 이어져 있었는데, 동굴 입구를 따라 마법식으로 보이는 석조 건물들이 진을 치고 있었다.

가벼운 저항감이 느껴졌다. 천막을 밀고 들어가는 듯한 감각을 뚫고 나는 동굴 안으로 향했다. 엘베로사는 여전히 땅에 발을 대지 않고 둥둥 떠 앞길을 밝히고 있었다.

"한큐는 이제 내 말 들어줄 거야?"

동굴에 들어가자마자 엘베로사가 물었다.

"할 수 없잖아, 여기까지 왔는데."

"좋은 거야. 티아메트는 깨워야 해."

뭐가 좋다는 건지. 엘베로사를 따라가면서도 나는 조금 걱정이 되기는 했다. 티아메트는 샹그릴라 세계관에서 양대 축을 차지하고 있는 드래곤이었다.

만약 여기서 티아메트를 죽이기라도 한다면, 운영자들도 분명 알게 될 것이다. 40레벨의 캐릭터와 NPC에 가까운 엘베로사가 단둘이서 세계관의 한 축을 무너뜨린 셈이니 말이다.

"한큐도 보고 싶지? 한상."

갑자기 엘베로사가 형의 이야기를 꺼낸다. 처음 엘베로사를 만났을 때도 그녀는 한상이 형의 이름을 말했다.

"형은… 지금 집에 누워 있어."

"아냐."

"혜나 누나! 정신 차려! 아무리 12년간 정신을 잃고 있었다 해도……."

나는 형의 사고를 인정하지 않는 혜나 누나가 답답하게만 느껴졌다. 내 말에 엘베로사는 움직임을 멈췄다. 그리고는 발작이라도 하는 듯 외쳤다.

"나는 혜나가 아니야! 한 번만 더 그렇게 부르면 정말로 화낼 거야!"

"그……."

엘베로사의 목소리가 동굴에 울렸다.

"혜나는 싫어. 정말로 싫어. 왜 한상이도 한규도 혜나만 찾아?"

"그건……."

정말로 만나고 싶었으니까.

8년 전, 침대에 누워 있던 혜나 누나를 처음 봤을 때 나는 요정을 본 것이 아닌가 하는 착각에 빠졌다.

죽은 듯 잠들어 있는 혜나 누나의 모습은 정말이지 아름다웠고, 나는 그 후로도 혜나 누나를 제외하고는 그렇게 아름다운 사람을 본 적이 없다.

형이 처음 샹그릴라를 개발하게 된 것도 따지고 보면 내 한마디 말 때문이었다.

'꿈에서라도 만나보고 싶어.'

내 말에서 영감을 얻어 이 엄청난 시스템을 개발하기 시작한 것이다. 혜나 누나를 만나고 싶다는 생각을 가진 것은 형도 마찬가지였으니까.

"혜나는 만날 수 없어. 만나지 못하게 할 거야. 빨리 티아메트 깨워줘. 한큐, 내 말 들어줄 거지?"

떼를 쓰는, 엘베로사로 화한 혜나 누나를 보며 나는 가볍게 한숨을 지었다.

"신이라면서? 샹그릴라의 신이면 엘베로사 혼자 티아메트를 깨우면 될 것 아냐."

내 말에 엘베로사가 몸을 돌려 나를 바라본다. 화를 내고 있는 그녀의 모습에 갑자기 짜증이 났다.

"몰라. 알아서 해. 만날 때마다 곤란하게만 하고. 왜 이렇게 제멋대로야? 스물다섯 살이나 되면서 아직도 어린아이야?"

퉁명스럽게 말을 하자 엘베로사의 얼굴이 일그러졌다.

"그치만……."

"안 해. 죽이든지 살리든지 맘대로 해. 몇 렙 존에 던져 놓든 이제는 겁날 것도 없어."

나는 차가운 목소리로 이렇게 말했다. 점점 엘베로사의 얼굴이 일그러진다. 그러더니 갑자기 울음을 터뜨린다.

"우앙! 왜 화내는 거야!"

"네가 먼저 화냈잖아."

"그치만, 그치만……."

"뭐야, 그게 사람에게 뭘 부탁하는 태도야?"

쏘아붙이는 말에 엘베로사의 울음소리가 한층 커졌다. 정말 어린아이 같았다. 대여섯 살짜리 버릇없는 꼬맹이.

"정말로 안 해줄 거야?"

글썽이는 눈으로 나를 올려다본다. 커다란 엘베로사의 눈망울을 보니 더는 독한 말을 뱉기 힘들었다.

"나는… 나는 모르는걸. 화 내지 마. 한상이는 화를 내지 않았어. 화를 내면 나는 어떻게 해야 하는지 몰라. 정말로 엘베로사의 말을 들어주지 않는 거야? 나는 어떻게 해야 해?"

구슬프게 울며 하는 그녀의 말에 나는 자신도 모르게 한숨이 나왔다. 열세 살 때 전신불수의 몸이 되고 오히려 유아기로 돌아가기라도 한 모양이다. 혜나 누나가 병실에서 수많은 생명 유지 장치에 둘러싸인 모습이 떠올랐다.

"휴우! 사과하면 받아줄게."

"사과?"

"미안하다고 하면 도와준다고."

엘베로사가 고개를 갸웃하더니 잠시 눈을 감는다. 그러자 그녀의 몸 주변이 은은하게 빛나기 시작했다. 흡사 금이 흐르는 수정 파이프 같은 것이 그녀의 몸 주변에 형상화되었다.

엘베로사의 기행이 더는 신기할 것도 없었기에 나는 그러려니 하는 마음으로 그 모습을 지켜만 보았다. 그러기를 잠시, 엘베로사가 다시 눈을 떠 나를 보았다.

"미안해."

"알았어. 도와줄게."

눈물범벅이 된 얼굴로 해맑게 웃는다. 엘베로사의 그 모습에 나는 더 이상 화를 낼 수 없었다.

"어떻게 하면 되는 거야?"

"티아메트의 봉인을 풀어야 해."

"그러니까, 그걸 어떻게 해야 하냐고."

"따라와."

엘베로사는 티아메트의 동굴 더 깊은 곳으로 나를 안내해 갔다.

티아메트를 봉인한 동굴은 뭐라 말로 표현하기가 힘들 정도로 아름다웠다. 수정이 종유석처럼 매달린 동굴의 벽하며, 오색의 마법진이 어른하게 비춰 보이는 유리질의 바닥.

어느 한 가지 화려하지 않은 것이 없었고, 나는 한 걸음 한 걸음 나아갈 때마다 경탄을 뱉었다.

엘베로사가 처음으로 나를 안내한 곳은 높이가 100미터는 될 듯한 수정 기둥 앞이었다. 한 아름 크기의 기둥에는 고대의 문자라도 되는 듯한 글자가 가득 새겨져 있었다.

고개를 들어 위쪽을 보니 은빛 수정 사슬이 길게 늘어져 있었다. 양쪽 끝이 모두 수정 동굴 안쪽으로 이어져 있어 무엇을 묶고 있는지는 보이지 않았지만, 정황으로 보아 저 사슬이 티아메트의 움직임을 막고 있는 듯했다.

엘베로사는 나를 수정 앞으로 안내해 갔다.

"이곳에 서서 손을 대면 돼."

수정 기둥에는 사람의 손바닥 모양의 조각이 음각되어 있었다.

"여기까지 올 수 있으면서 왜 네가 봉인을 풀지 않은 거야?"

엘베로사는 모든 것을 알고 있는 모양이었다. 그럼에도 왜 굳이 나를 끌어들이려 했는지 얼른 이해가 가지 않았다.

"이걸 해제할 수 있는 건 플레이어뿐이야. 나는 플레이어가 아니니까."

"아아, 맞다. 엘베로사는 NPC지."

전신불수로 게임에 접속한 사람은 NPC 역할을 하고 있었다. 아무래도 손발의 신경이 죽어 샹그릴라 콘솔을 조작하는 정밀도가 떨어지기 때문이었다.

내 말에 엘베로사는 대뜸 이렇게 답했다.

"나는 신이야."

"아, 아, 그러니까, 신의 역할을 하는 NPC 말이야."

"나는 신이야."

"알았어. 아무튼."

나는 천천히 봉인의 기둥으로 손을 뻗었다. 이곳에 손을 댄 후 어떤 일이 일어날지 알 수 없었다. 엘베로사를 보며 말했다.

"봉인을 해제하는 건 별일 아닌데… 이 이후는 나도 몰라. 아무리 스킬이 사기급이라지만 나는 겨우 40레벨이야."

엘베로사가 눈빛으로 나를 재촉하며 말했다.

"내가 도와줄게."

나는 어깨를 으쓱였다. 저렇게까지 말하니 무슨 방법이 있겠지 하는 생각이 들었다.

나는 손을 기둥에 음각된 손바닥 그림에 가져갔다. 그 순간, 내 몸 안에서 무언가가 쑥 빠져나가는 듯한 느낌이 들었다. 지금까지의 경험으로 봐서는 카르마였다.

온몸이 저릿하며 손끝이 따끔했다. 동시에 내 앞에 서 있는 거대한 봉인의 기둥이 우웅 하는 울음을 내기 시작했다.

그때, 동굴 안쪽에 커다란 목소리가 울려 퍼졌다.

"누가 감히 티아메트를 깨우려 드느냐!"

펄럭거리는 날갯짓 소리가 들리고, 검고 거대한 그림자가 발밑을 훅 스쳐 지나갔다.

나는 고개를 들어 하늘을 보았다. 은빛의 드래곤 한 마리가 서서히 활공해 내려온다.

"남쪽 봉인의 수호자 에레베르트가 너희를 용서치 않으리라!"

자신의 이름을 소개한 드래곤은 곧바로 거대한 은빛 화염을 입안에 머금었다. 드래곤을 한 마리 잡은 적이 있는 나는 그것이 드래곤 브레스라는 것을 알 수 있었다.

"피해!"

엘베로사의 어깨를 잡아끌며 외쳤다. 하지만 엘베로사는 그 자리에 서서 꿈쩍도 하지 않았다.

그녀는 단지 손을 들어 올렸다. 그리고 손끝을 에레베르트의 미간에 겨누었다.

"죽어."

짤막하니 한마디를 한다. 그것으로 끝이었다.

에레베르트의 입에서 제어를 잃은 은색 화염이 사방으로 쏟아져 나오기 시작했다. 불꽃은 오히려 드래곤의 몸에 옮겨 붙었고, 몸은 은가루의 재가 되어 사방으로 흩어졌다.

후두둑—

무언가가 땅으로 떨어져 내린다.

챙그랑—

금속이 돌바닥에 떨어지는 듯한 소리가 동굴 안에 은은히 퍼져 나갔다.

나는 한참 동안이나 멍하니 서 있었다. 무슨 일이 일어난 건지 이해하는 데만 1분은 족히 걸린 느낌이었다.

이름까지 가지고 있는 드래곤을 한마디 말로 죽인 것이다. 엘베로사의 한마디가 정말 신의 말이라도 되는 듯, 에레베르트는 은가루가 되어 사라져 버렸다.

바닥에 떨어진 것들로 눈을 옮겼다. 발톱 두 개에 창으로
보이는 무기가 하나였다. 나는 그것들을 주워 살펴보았다.

Item

[에레베르트의 발톱]

티아메트의 봉인을 지키는 전설의 드래곤 에레베르트의 발톱. 그 어
느 것으로도 깨뜨릴 수 없다.

Item

[에레베르팀(Erevertimm)]

에레베르트의 몸에 박혀 있던 창. 700년 전 티아메트의 봉인을 해제
하려던 엘모아 여신의 사제가 전 세계의 희귀 금속들을 모아 만든
궁극의 무기. 현재는 소재를 알 수 없게 되었다.

등급:전설급
공격력:32, 무게:3.5킬로그램
요구: 힘 130, 민첩성 115
옵션:체력 최대치 +1,000
　　　힘 +5, 민첩성 +5, 정확도 +5
　　　성속성 고정 데미지 +300, 모든 마법 데미지 10% 감소

전설급 무기다!

옵션을 읽으며 나는 황당하다는 느낌을 받았다. 정말 무지막지한 옵션들의 연속.

물론 아직 서버의 누구도 쓸 수 없을 것이다. 요구 힘이 130에 민첩이 115라면 만렙이나 되어야 간신히 도달할 수 있는 능력치들이었으니까.

하지만 2분에 한 번씩 고작 250의 카르마 소모만으로 헬릭스 피어싱이라는 무지막지한 공격기를 쓸 수 있다. 내 최고 공격기 청구연환삼식의 구성보다도 공격력이 높다. 130의 근력이라면 도대체 데미지가 얼마나 뻗어줄지 상상도 가지 않았다.

그 밖에도 매직급 아이템이 다섯 개나 바닥에 뒹굴고 있었다. 그중 하나는 가죽 장비였다.

Item

[드래곤 베인 어깨 보호구(Dragon Bane Shoulder Amor)]

등급:매직급
방어력:37
요구:힘 45, 민첩성 55
옵션:체력 최대치 +375
　　　힘 +2
　　　드래곤으로부터 입는 데미지 15 감소

나는 곧바로 어깨를 바꾸었다. 다행히 매직급이라 그런지 전설급만큼 요구 스테이터스가 높지는 않았기에 가능한 일이었다. 흡사 용의 머리와도 비슷한 느낌의 장식이 달린 검은색 어깨 갑옷이었다. 가슴, 다리 파트와도 제법 어울리는 듯 보였다.

인벤토리에 아이템을 모두 담기에는 칸이 부족했다. 안에 들어 있던 여러 가지 템을 모두 꺼내어 바닥에 버렸다. 하지만 버그 아이템인 검은 꺼낼 수가 없어 그대로 내버려 두었다. 진작에 운영자를 불러 해결했어야 하는데. 매직급 아이템 하나를 버려둔 채라 마음이 아팠다. 현질로 팔면 몇만 원은 받을 수 있었을 텐데.

아이템을 정리하는 사이 티아메트의 봉인 기둥이 무너져 내리기 시작했다. 허공에 매달려 있던 은색의 사슬이 힘없이 늘어지고, 기둥은 조각조각 부서져 산산이 흩어졌다.

엘베로사가 웃으며 그 광경을 쳐다본다. 어린아이 같은 티

없는 미소다.

조금 전까지 그녀에게 품었던 불만이 지금은 털끝만치도 남아 있지 않았다. 지금 인벤토리에 들어 있는 전리품만으로도 결코 손해날 것 없는 장사였으니 말이다.

3

엘베로사를 따라 계속해 티아메트의 봉인 동굴 안을 헤맸다. 원래 그렇게 설계되어 있는 것인지, 엘베로사가 무슨 수작(?)을 부린 건지 봉인의 동굴 안에는 잡몹이라 부를 만한 것이 한 마리도 없었다.

거대한 동굴을 따라 나 있는 은빛의 복도를 따라 둥글게 한 바퀴 돌며 차례차례 봉인을 해제했다.

봉인을 해제할 때마다 동시에 드래곤이 모습을 드러냈다. 금색의 고르라툼, 적색의 라미라달, 흑색의 둠켈하이드까지, 세 마리의 전설급 드래곤은 무지막지한 몸집을 드러내 내가 봉인을 해제하는 것을 막으려 했다.

그리고 그때마다 엘베로사는 손짓과 한마디 말로 드래곤의 몸을 흩어버렸다.

엘베로사는 내내 자신을 신이라고 말했다. 그 말은 거짓이 아니었다. 정말 엘베로사는 적어도 샹그릴라 안에서는 신과도 같은 존재였다.

아무리 혜나 누나라지만 형도 참 너무 무지막지한 캐릭터를 만들어줬다. 이래 가지고야 어디 게임이라고 할 만한 구석이 있기나 한가 싶다. 손 뻗어 죽어, 하면 최고급의 몬스터가 일격사당하니…….

이러다가 티아메트도 일격사시키는 건 아닌가 싶다. 아니, 지금으로 봐서는 일격사시키지 못할 이유가 없다.

내 인벤토리 안은 전설급의 무기가 그득했다.

처음 에르베르트를 죽이고 주웠던 매직급의 무기들은 전부 버린 지 오래다. 마지막 네 번째 드래곤을 죽인 후에는 전설급 아이템까지 하나 버려야만 했다. 어느 게 더 좋은 아이템인지 구분할 수조차 없어서 그냥 칸을 제일 많이 차지하는 폴암 무기를 땅에 던져 버렸다.

그 밖에 내 방어구들도 절반을 매직급으로 갈아치웠다. 전에 드래곤을 죽이고 얻은 가슴과 다리 부분을 포함해, 에레베르트는 어깨, 고르라툼은 허리띠, 둠켈하이드는 팔과 목 부분의 매직급 장비를 내게 선물해 주었다.

전부 드래곤 베인 옵션이 붙은 아이템들로, 드래곤으로부터의 공격을 100가량 방어할 수 있게 되었다.

여기까지 오고 나니 진심으로 운영자 소환이 두려워지기 시작했다. 40레벨에 매직급 아이템으로 도배한 캐릭터라니…….

스킬도 사기에 이제는 장비까지 거의 사기에 가깝게 되었다.

지금 서버의 최고 렙도 물론 매직급 아이템으로 장비 칸을 꽉 채웠을 테지만, 나처럼 전설급 몬스터가 준 최고 옵션의 아이템은 아닐 것이다.

뭐, 운영자가 뭐라 하든 그건 나중 문제고 기분 자체는 좋았다.

결국 마지막 봉인의 기둥이 무너져 내렸다. 티아메트의 봉인 동굴 전체가 갑자기 지진이라도 난 듯 울리기 시작했다.

엘베로사가 손뼉을 딱 친다.

"티아메트가 깨어난다!"

나는 침을 꿀꺽 삼켰다. 엘베로사가 동굴의 한쪽으로 날아간다. 나도 경공을 시전해 그녀의 뒤를 쫓아갔다.

사슬이 바닥에 쓸려 찰랑거리는 소리가 은은하게 메아리쳐 들려왔다. 지진의 진동도 끊이질 않았다. 그러기를 잠시, 엘베로사가 뛰쳐들어 간 거대한 동굴 안으로부터 짐승의 울부짖는 소리가 울려 퍼졌다.

티아메트의 몸은 크다거나 하는 수식어를 넘어서 있었다.

반경 100미터는 족히 될 듯한 거대한 던전에 드러난 것은 티아메트의 상반신과 날개 정도였다.

날개는 은빛 투명한 사슬로 칭칭 감겨 있었다. 하지만 내가 봉인을 해제한 탓인지 감겨 있는 사슬의 끄트머리는 바닥에 질질 끌리고 있었다. 날개에 이어진 어깨 앞으로 보통의 드래곤 한 마리는 될 듯 보이는 앞발이 보이고, 길이가 100미터를 넘는 듯 보이는 세 줄기의 목이 어깨에서 갈라져 있었다.

티아메트는 머리가 셋 달린 드래곤이었다. 세 줄기의 목을 뒤흔들며 거칠게 숨소리를 뱉었다. 몇천 년 만에 되찾은 자유를 만끽하려는 듯 보였다.

동굴에 들어가자마자 나는 숨을 멈추었다.

꼭 크다고 센 거 아니고, 덩치만 보고 쫄 이유는 없었다. 하지만 티아메트가 풍기는 느낌은 단순히 크다는 것 이상의 압박감을 내게 안겨주었다.

카르마의 농도도 무서울 정도로 높았다. 숨 쉬기가 버거울 정도였다.

하지만 저 어린 엘베로사는 무서운 괴물 티아메트 앞에서 태연하게 떠올라 있었다. 하긴, 지금까지 그녀가 보여준 능력으로 봐서는 티아메트라고 해서 특별히 겁먹을 이유도 없어 보였지만.

엘베로사가 티아메트에게 말을 건넨다.

"&%&$&^* &*%* ^*&!"

이해할 수 없는 언어였다. 티아메트의 포효가 잠시 멈추고 여섯 개의 시선이 엘베로사의 몸을 바라보았다. 그리고 그중 한 쌍의 눈이 갑자기 나를 응시한다.

티아메트의 눈빛에 나는 순간 쫄아들었다. 그냥 무서웠다. 저게 나에게 무슨 짓이라도 하는 날에는 단번에 무덤 행이다.

다시 티아메트와 엘베로사의 대화가 이어진다. 내가 이해할 수 없는 언어였고, 그건 샹그릴라의 세계에서 처음 겪는 일이었다. 심지어는 엘프조차 주문의 영창어를 제외하고는 한국어를 썼는데…….

나를 바라보는 티아메트의 눈빛이 바뀌었다. 머리를 불쑥 내밀더니 내게 다가온다. 나는 두 손으로 앞을 가로막았다. 하지만 티아메트가 내게 한 행동에는 어떠한 적대감도 느껴지지 않았다.

내 코앞에서 티아메트는 나를 관찰했다. 무슨 말을 하려고 하자 그 순간 엘베로사가 여전히 알 수 없는 말로 외쳤다.

온화한 눈빛의 티아메트가 갑자기 표정을 바꾸었다. 세 개의 머리 모두 엘베로사에게 향해진다.

무어라 엘베로사는 성낸 쇳소리를 질러댔고, 티아메트도 뒤질세라 포효하기 시작했다.

엘베로사가 마지막 말이라는 듯 발로 땅을 구르며 소리친다. 티아메트는 무뚝뚝하게 고개를 저었다.

'뭐야? 뭐가 어떻게 돼가는 거야?' 하는 나의 질문은 저들

에게 안중에도 없었다. 티아메트가 숨을 들이쉰다. 브레스의
준비 자세라는 것은 익히 알고도 남았다.

엘베로사가 눈을 찌푸리며 두 손을 앞으로 내밀었다. 다른
드래곤을 죽일 때처럼 말 한마디로 티아메트를 어떻게 할 수
는 없는 모양이었다. 그녀가 내민 손앞에 은빛 투명한 막이
생겨났다.

티아메트의 세 입에서 뿜어져 나온 브레스는 각기 불과 냉
기, 그리고 짙은 녹색의 독액이었다. 다른 드래곤들과는 내뱉
는 숨결의 양부터가 달랐다. 어마어마한 열기와 냉기, 그리고
냄새를 맡는 것만으로도 머리가 어질어질하는 독기가 던전
안을 가득 채웠다.

엘베로사는 티아메트의 공격에 눈살을 찌푸렸다. 그녀의
앞에 펼쳐진 은색의 막이 너울을 타며 간신히 브레스를 막아
냈다.

문제는 거기부터였다.

엘베로사가 쳐낸 보호막에 튕겨 나온 열기와 냉기, 그리고
독의 기운들은 무작위로 사방으로 흩어졌다.

그중 몇 줄기가 내 몸을 덮쳤다. 나는 오뢰홍강을 극성으로
펼쳐 그 기운들로부터 몸을 지켰다. 하지만 순식간에 체력의
1/3이 어디론가 증발해 버렸다.

오뢰홍강은 갖가지 속성 데미지를 95퍼센트 정도 줄여준

다. 그럼에도 매직 아이템 덕분에 체력이 1만 가까이 되는 내 피통 1/3이 순식간에 사라진 것이다.

깜짝 놀라 나는 일단 던전 밖으로 달아나려 했다. 하지만 이미 엘베로사와 티아메트의 싸움은 절정에 달하고 있었다.

엘베로사의 몸으로부터 무슨 레이저 같은 은백색 빛이 사방으로 날아 뻗었다. 그 빛이 닿는 곳은 녹거나 타거나 증발하거나 셋 중 하나의 상태가 되었다. 오뢰홍강이 무슨 소용이랴? 내 몸에 스치자 나의 체력이 또다시 요동을 쳤다.

"그, 그만둬!"

나의 외침은 티아메트의 울음에 묻혔다. 두 괴물이 싸우기 시작한 지 30초 만에 나는 그 자리에 푹 쓰러지고 말았다.

뭐야, 이건.

다시 눈을 떴을 때, 나는 켈드리안 산맥에서 가장 싫어하는 장소인 바위사원 앞에 누워 있었다.

동시에 갑자기 내 눈앞에 커다란 글자가 새겨졌다.

갑작스러운 시스템의 장애로 의해 서버를 리셋합니다. 충격에 대비하여 안전한 곳으로 이동해 주시기 바랍니다.

리셋까지 샹그릴라 시간으로 1분 남았습니다.

뭐냐고!

4

　유채림은 두 손을 쉴 새 없이 움직이고 있었다. 기획 파트의 직원이라고는 하지만 이런 비상사태에까지 두 손을 놓고 있을 수는 없었다.

　그녀가 지금 있는 곳은 경기도 일산 쪽에 있는 샹그릴라 서버 건물의 3층 C블록이었다. JK소프트웨어가 엘아힘 엔터테인먼트로 흡수된 후, 샹그릴라의 직원들은 전부 고용이 유지되었다. 그뿐 아니라 오히려 승진을 한 것이 대부분이었다.

　지금 유채림의 직함은 기획과의 대리였다.

　"이게 무슨 일이람!"

　그녀는 자판기를 두들기며 투덜거렸다. 신경질적으로 마우스를 움직였다. 엔진 자체를 프로그램한 프로그램 파트의 직원들과 달리, 유채림이 지금 조작하고 있는 것은 게임 엔진이었다.

　"대리님, 이거 아무리 봐도 버그죠?"

　자신과 비슷한 또래의 남자 직원이 파티션 너머에서 물었다. 엘아힘 엔터테인먼트가 된 후 사무실에 들어온 직원이었다.

　"버그 같아요. 지금 서버 최고 렙이 60레벨대 중반인데, 어떻게 티아메트가 죽을 수 있어요? 잠깐 야식을 먹으려고 자리를 비웠는데 이게 무슨 난리람?"

개인의 데이터는 볼 수 없었지만, 게임 내에서 일어난 일은 모두 열람할 수 있었다. 원인을 찾기 위해 이곳저곳을 들여다보았다. 하지만 채림은 티아메트의 죽음에 대한 어떠한 내용도 찾아볼 수가 없었다.

"아무튼 병일 씨, 서버에 티아메트의 죽음을 알리지 말아요. 티아메트의 둥지를 리셋할 예정이니까."

"예. 이미 조치해 두었습니다."

직원들이 하나같이 눈이 빠져라 모니터를 들여다보며 샹그릴라를 매만졌다. 그때, 한 남자가 기획과로 모습을 드러냈다.

"여기도 난리구만."

그 남자는 빨대 꽂은 두유를 쪽 빨아 마시며 중얼거렸다. 바로 과거 한규의 부하 직원 중 하나였던 이제동이었다. 프로그램팀의 에이스이자 유채림에게 지겹게 프러포즈하던 그는 지금 프로그램팀의 팀장으로 승진했다.

"프로그램팀에서는 이미 수습 끝낸 거예요?"

"응? 아, 그야 뭐. 근데 새로 만든 티아메트 NPC는 어째 좀 매가리가 없달까? 특히 세 번째 머리가 영 상태가 안 좋아."

이제동이 파티션에 몸을 기대며 유채림을 내려다본다.

"그게 무슨 말이에요?"

"왜, 우리 가끔 하던 이야기 있잖아. 샹그릴라의 NPC AI들은 정말 살아 있는 거 같다고. 그 데이터를 똑같이 복사했는데 티아메트의 머리 상태가 조금 좋지 않아. 반응이 느리달까? 생명이 빠져나간 것 같은 느낌이야."

유채림이 코웃음을 친다.

"무슨 또 헛소리예요. 할 일 없으면 우리 쪽 일이나 도와요. 샹그릴라 시즌 2도 계속 개발 난항인데, 완벽했던 샹그릴라 시스템에 이런 큰 구멍이 뚫려 버리다니……."

이제동이 한숨을 푹 내쉰다.

"다 팀장님의 부재 때문 아니겠어?"

유채림의 손이 멈춘다. 그녀의 심정을 아는지 모르는지 이제동이 중얼거리듯 말을 이어갔다.

"말이야 바른 말이지, 우리야 팀장님의 손발 역할일 뿐이었잖아. 늘 느끼는 건데, 성한상 그 사람이 없었더라면 샹그릴라는 태어날 수 없었을 거야. 시즌 2? 지난번 크리스마스 이벤트처럼 되는 건 아닌지 몰라."

유채림이 책상을 탕 하고 내려쳤다.

"그러지 않도록 우리 기획팀이 노력하는 거잖아요!"

"기획이 어쨌다는 게 아냐, 내 말은."

이제동이 풀 죽은 목소리로 말했다.

"그 이전의 얘기라구. 내가 채림 씨가 한 일을 무시할 리 없잖아."

　유채림은 이제동의 말을 들으며 고개를 천천히 저었다. 그가 무슨 말을 하고 있는지 어느 누구보다 유채림이 잘 알고 있었다.

　실은 좀 더 훌륭한 형태의 이벤트를 기획했다. 하지만 그것을 샹그릴라 엔진으로 구현하는 데 실패했다. 샹그릴라 안에 숨어 있는 도무지 해석할 수 없는 블랙박스와도 같은 부분들이 충돌을 일으켰고, 결국 부유 도시라는 말도 안 되는 설정을 끌어와 이벤트 필드를 급조할 수밖에 없었다.

　"프로그램팀은 뭐 하는 거예요? 아직도 샹그릴라를 해석하는 데 실패한 거예요?"

　괜한 화살을 이제동에게 돌렸다. 유채림의 말에 이제동은 바닥에 남은 두유를 쪽쪽 빨아 마셨다.

　"안 돼, 안 돼. 어느 누구도 못할 거야."

　"그러고도 국내 최고급 프로그래머라 할 수 있어요?"

　"프로그램의 문제가 아니야. 어제 해석하고 오늘 돌아와 보면 서버가 또 바뀌어 있는 걸 어떻게 하라고? 샹그릴라는 이미 프로그램이 아니야."

　"그럼 뭐란 말이에요?"

　유채림의 신경질적인 물음에 이제동은 먼눈으로 한숨을 내쉬었다.

"그건… 살아 있어."

"에엥?"

씁쓰레하게 웃으며 이제동이 말을 붙인다.

"의사라도 불러야 할 거 같다니까."

유채림은 이제동에게서 눈을 뗐다. 전부터 괴짜 같은 기질이 있는 사람이다. 그러던 그가 성한상 팀장이 그렇게 된 후로 오컬트에라도 빠져든 것처럼 보였다.

다시 모니터로 눈을 돌려 유채림은 일에 집중했다. 티아메트 던전의 리셋이 거의 끝났다. 봉인을 풀고, 티아메트가 깨어난 일련의 사건이 없던 일로 돌아갈 것이다.

그녀의 모습을 한참이나 내려다보던 이제동이 천천히 몸을 돌렸다.

"엘베로사… 는 누구지?"

한마디 툭 뱉었다. 그는 자신의 사무실로 돌아가는 대신에 오래된 서버를 보관하는 서버실로 향했다. 한상의 유품과도 같은 샹그릴라의 개발 서버를 살펴보기 위해서였다.

한규는 헬멧을 쓴 채로 눈을 껌뻑거렸다. 뭐가 어떻게 된 건지, 왜 갑자기 서버 다운이 일어난 건지 어느 하나 이해할 수 있는 게 없었다.

무엇보다 엘베로사와 티아메트가 무슨 관계인지, 또 왜 갑자기 싸우기 시작했는지 하는 의문도 머릿속에서 어느 하나 해결 난 것이 없었다.

그때, 뚜뚜— 뚜뚜— 하는 경보음이 들렸다. 형 한상의 방에서이다. 깜짝 놀라 샹그릴라 콘솔에서 빠져나와 한상의 방으로 달렸다.

하지만 한상의 방에 도착했을 때는 이미 경보음이 꺼진 후였다. 한규의 짧은 지식으로는 도대체 무슨 잘못이 있었던 건지 알 수 있는 게 없었다. 지금 한상의 생명 유지 장치 계기판은 전부 녹색 빛을 띠고 있었다. 이상없다는 뜻이다.

한규는 손을 뻗어 한상의 얼굴로 가져갔다. 형의 체온이 느껴진다. 미약하나마 폐도 움직였다. 물론 기계를 통해서였지만, 그것만으로도 형이 살아 있다는 감각을 실감할 수 있었다.

시계를 보니 새벽 한 시였다.

별달리 할 일이 없다. 자다 깬 것처럼 멍하기까지 했다. 한규는 부엌으로 가 물을 한 컵 마신 후 샹그릴라 기계로 향했다. 그때, 띠리링— 하는 소리가 들렸다. 핸드폰으로 문자가 온 것이다.

너도 섭다운됐냐?

—문기.

핸드폰의 문자를 읽자마자 한규가 대답을 했다.

어.

다시 문자가 왔다.

한큐, 그로얀 왕국도 서버 닫았어?

―명철.

어.

똑같이 답을 해줬다.
또다시 두 사람으로부터 각각 문자가 도착했다.

이거 언제 다시 열리려나?
아, 깜딱 놀랐어. 갑자기 서버가 다운돼서.

각자 오는 쪽지가 귀찮다는 생각에 한규는 아예 문자를 상
호 링크해 버렸다. 핸드폰의 4인치 유기 발광 다이오드 화면
위로 대화창이 열렸다. 대화방과 비슷한 형태로 쪽지를 주고
받을 수 있게 되었다.

문기:어라? 명철이한테도 쪽지 왔었냐?

명철:문기 형도 한큐한테 쪽지 보냈어요?

두 사람이 대화를 나누기 시작하고 한규도 간간이 말을 걸었다.

명철:공식 홈페이지 보고 있는데 곧 다시 서버 열릴 거 같은데요?

문기:아, 그러냐?

한규도 문자를 적어 올렸다.

한규:흠, 근데 갑자기 이 새벽에 섭다되니까 할 게 없네. 자기도 애매하고.

명철:크크크, 그러게.

문기:하여간 겜 폐인 놈들.

한규:네가 할 말이냐?

시답잖은 이야기가 오가던 중, 명철이가 서버가 다시 열렸다는 말을 대화창에 올렸다. 기다렸다는 듯 문기와 한규 모두 샹그릴라로 돌아간다고 적었다. 자연스럽게 핸드폰 대화창이 꺼지고 한규는 핸드폰을 바닥에 툭 내려놓았다.

다시 안락의자에 앉아 콘솔에 몸을 접속했다.

불과 반년여 전만 해도 샹그릴라에는 관심이 없다고 공공연하게 선언하고 다니던 자신이건만.

그런 생각에 빙긋 웃음을 지었다.

잠에 빠지고, 새로운 세계가 눈앞에 나타났다.

다시 서버에 돌아와 보니 나는 여전히 바위사원 앞에 서 있었고, 죽음의 페널티로 체력과 카르마 모두 바닥을 기고 있었다. 나는 그 자리에 주저앉아 삼라일규와 구규일극을 차례로 활성화시켰다. 카르마가 빠르게 차오르고, 휴식 상태로 판정되어 체력도 느긋하게나마 오르기 시작했다.

"하여간 엘베로사 걔를 만나서 제대로 일이 돌아가는 꼴을 못 봐."

투덜거리며 나는 인벤토리를 열어보았다. 말로는 엘베로사의 흉을 봤지만 지금은 그녀와의 만남이 너무나도 행복하게만 느껴졌다. 가방 안에 가득 찬 전설급 아이템들 덕분이었다.

지금 당장에라도 내다 팔고 싶었다. 하지만 조금 더 참기로 했다. 어차피 지금 서버 안에 이 아이템을 쓸 수 있는 사람도 없었다. 게다가 티아메트의 죽음이 어떤 영향을 미칠지도 걱정이었다.

티아메트가 죽는다고 세상이 멸망하지는 않겠지만, '한큐'가 티아메트를 죽였다는 소문이 퍼져서는 안 된다.

얼마간 상황을 지켜본 후, 티아메트의 죽음이 세상에 알려지지 않는다 싶을 때 아이템을 팔 생각이었다.

현금으로 얼마나 받을 수 있을까?

그런 생각을 하니 웃음이 절로 나왔다.

바로 그때였다. 인기척에 반개했던 눈을 번쩍 떴다. 내 앞으로 사람의 그림자가 보였다. 등 뒤에 사람이 있다는 뜻이다.

샹그릴라 세계에서 나의 오감은 극도로 발달해 있었다. 높은 카르마 수치 덕분이었다. 정말 무림 고수라도 된 듯 주변 수십 장의 공간에서 움직이는 카르마의 흐름이 손에 잡힐 듯 그려지고 있었다.

그럼에도 불구하고 상대는 내가 전혀 눈치채지 못하는 사이 바로 내 등 뒤에까지 도착해 있었다. 깜짝 놀라 스프링처럼 튕겨 일어난 나는 몸을 뒤로 돌렸다.

상대는 남자였다. 적어도 몸매를 봐서는 그렇다는 뜻이다. 온몸을 검은색으로 칭칭 감싸 나이나 생김새는 알 수 없었지만.

그는 경갑으로 보이는 갑옷을 입고 있었다. 사막의 유목민과 같은 로브를 머리에 뒤집어쓰고 있어서 두 눈동자만 보였다. 눈동자와 눈언저리를 제외하고는 온통 검은색의 갑옷에 무기 일색이었다.

내 감으로 상대는 플레이어였다.

"누구세요?"

걸걸한 목소리로 상대가 답한다.

"무명."

캐릭터 이름인 모양이다. 무명이라면 이름이 없다는 건가? 하지만 그렇게 이름을 짓고 나면 '무명' 이라는 이름을 가진 사람이 되고 만다.

바보 같은 생각을 접으며 내가 다시 물었다.

"플레이어… 시죠?"

켈드리안 산맥에 온 것을 봐서 상당히 고렙일 듯했다. 하지만 상대는 내 예상을 보기 좋게 깨뜨렸다.

"플레이어는 아니다."

"네? 그럼……."

"벌써 잊은 것이냐? 네가 나를 깨우지 않았느냐?"

"네? 그 무슨……."

말을 하던 나는 깜짝 놀라고 말았다. 무명의 몸 뒤로 거대한 용의 그림자가 떠오른 것이다.

한순간에 그림자가 흩어져 사라졌지만, 나는 그 드래곤의 형상에서 하나의 이름을 떠올릴 수 있었다.

"티아메트?!"

"그렇다. 나는 모든 용의 왕이자 켈드리안의 주인인 티아메트이다."

"그, 그……."

나는 놀라 입을 다물지 못했다. 티아메트의 죽음이 무슨 퀘스트를 활성화시킨 모양이었다. 그런 생각에 퀘스트 창을 열어보았지만 그곳에는 아무것도 없었다.

"당신이 정말 티아메트란 말인가요?"

"그렇다. 정확히는 세 머리 중 하나이지만. 우리는 세 머리가 모두 각기 다른 인격을 가지고 있다."

믿기 어려웠지만, 그의 말을 믿지 않을 이유도 없었다. 어차피 게임 세계니까. 그런 생각을 하며 나는 새삼 무명의 몸을 살폈다.

조금 마른 듯 보이는 그는 게임 안의 나와 키가 거의 비슷했다. 눈빛만 볼 수 있어 외모는 알 수 없었다. 하지만 그 눈에서 뿜어져 나오는 감각은 나를 으슬으슬하게 만들 정도였다.

"왜 제 앞에 나타난 겁니까?"

무명은 허리에 검은색의 검을 한 자루 차고 있었다. 장식이 그리 복잡하지 않았지만, 빛을 삼켜 버릴 듯한 어두운 색이 특이한 느낌을 주었다. 그가 검을 뽑아 공격한다면…….

그러다 문득 나는 티아메트와 만났던 때를 떠올렸다, 세 머리 중 하나가 나를 유심히 살펴보던 그때를. 분명 티아메트는 호의적이었다. 정작 그의 봉인을 풀어달라던 엘베로사에게 는 그렇지 않았지만.

"제게 무슨 시키실 일이 있습니까?"

"은혜를 갚게 해다오."

긴장하며 묻는 내 말에 대한 무명의 대답은 의외의 것이었다.

"예?"

"너는 나를 자유롭게 만들어주었다. 그 대가로 나는 너를 강하게 만들어줄 것이다. 어떤가?"

"그, 그야……."

갑작스러운 제안에 나는 깜짝 놀랐다. 서버에서 가장 강한 존재가 나를 단련시켜 주겠다는 말이다.

"어떻게 강하게 해주겠다는 말입니까?"

무슨 아이템을 주겠다는 건지, 아니면 무림혈비사처럼 내 단이나 신묘한 환약 따위를 주겠다는 건지 전혀 언급이 없다.

"나와 함께 여행을 하라. 그럼 자연스럽게 강해질 수 있다."

요컨대 레벨을 밀어주겠다는 얘기다. 나는 두 번 더 고민하지 않았다.

"좋아요."

"크크크, 역시 거절하지 않는구나."

무명이 무시무시한 웃음소리를 낸다. 나는 뭔가 잘못했나 하는 생각에 말을 바꾸려 했다. 하지만 다행히 떠오른 것은 파티 초대의 창이었다.

나는 곧바로 티아메트의 분신이라고 한 무명의 파티 초대 요청을 수락했다. 티아메트와 동료가 된 것이다.

"자, 한큐! 내 등에 올라라!"

무명의 몸에서 검은 빛이 뿜어져 나왔다. 그 검은 빛이 사그라질 무렵, 내 앞에 납작 엎드린 한 마리의 비룡이 보였다. 그 비룡이 무명이라는 것은 바보가 아닌 이상 알 수 있었다.

나는 그의 어깨에 두 다리를 걸쳤다. 무명이 날갯짓을 하자, 순식간에 하늘 높은 곳으로 날아올랐다.

"어디로 가는 겁니까?"

내가 묻는 말에 무명이 대답을 했다.

"거인의 허벅지뼈."

"아! 거긴……."

"나는 모든 드래곤의 아버지이다. 너의 힘을 강하게 해주기 위해서라지만 나의 아이들을 죽일 수는 없는 일 아닌가? 그렇기에 나는 우리 용족의 가장 큰 적인 거인족을 학살하려고 한다."

듣고 보니 그것도 그렇다.

"꽉 잡아라. 나의 날개는 빛보다 빠르다!"

나는 무명의 등 갈기에 손을 얹었다. 정말 빛보다 빠른지는 모르겠지만, 순식간에 땅이 뒤로 사라져 간다. 대소용돌이, 메일스트롬을 가로질러 무명은 나를 한 척박한 대지로 데리고 갔다. 그때 나는 한 가지 사실이 문득 떠올랐다.

"아참, 저 인벤 좀 비우고 가면 안 될까요? 지금 꽉 차서 아무것도 넣을 수가 없어요."

내 말을 알아들었는지 무명은 사람이 없는 땅에 두 발을 디디곤 머리를 앞으로 숙였다. 나는 그의 등에서 내려섰다.

저 먼 곳에 눈에 익은 성이 보였다. 처음 샹그릴라를 시작했을 때 있던 롬로스 성이다.

롬로스 성의 은행에 전설급 장비 세 개를 맡긴 후 나는 다시 무명과 함께 하늘로 날아올랐다.

무명이 나를 데려간 곳은 거인의 허벅지뼈 가장 깊은 곳이었다. 흡사 그랜드캐니언을 보는 것 같은, 깎아지른 절벽의 연속인 그 땅은 풀 한 포기 없는 황무지이기도 했다.

나를 등에서 내려놓자마자 무명은 다시 사람의 모습으로 돌아갔다. 날개가 망토가 되고, 피부는 갑옷으로 화했다.

따지고 보면 바둑이와 파티를 이루고 렙업을 할 때와 비슷한 경우다. 게임에 들어와서 계속 NPC 캐릭터들과만 파티를 하고 있다.

하긴 워낙 특이하게 키우는 중이니…….

이런 생각을 하며 나는 무명에게 말을 걸었다.

"여기서 렙업을 할 생각인가요?"

내 물음에 무명이 무겁게 고개를 끄덕였다.

"강해져야 한다."

NPC다운 대사다.

"아, 네."

건성으로 답한 후 나는 근처를 살펴보기 위해 질뢰답무영을 활성화했다.

메마른 대지가 흙먼지를 흘리며 달리는 내 시야 곁으로 빠르게 스쳐 지나갔다.

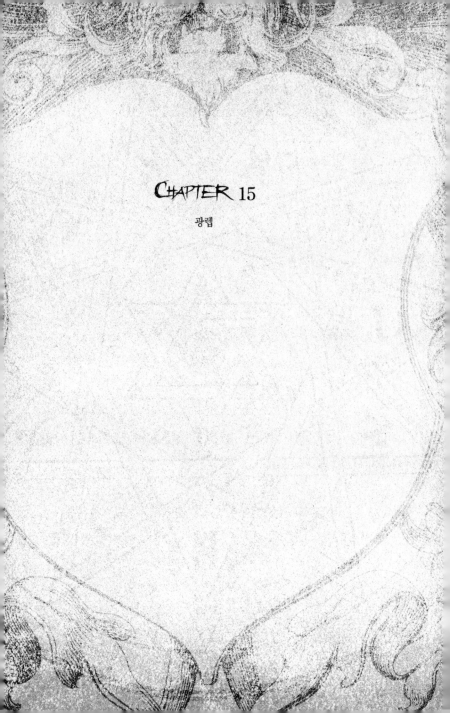

CHAPTER 15

광렙

1

　광렙이라는 말은 미친 듯이 렙업을 한다고 하여 20년 전쯤
에 만들어진 신조어였다. 그리고 지금 내가 처한 상황이 그
말 그대로였다.

　무명은 모르긴 해도 서버의 한계 레벨 상태일 것이다. 덕분
에 그와 파티를 맺은 나는 모든 몬스터로부터 경험치를 받는
데 문제가 없었다.

　게다가 사냥 상대가 거인들이었다. 드래곤과 동급으로 설
계된 그것들은, 드래곤 한 마리가 주는 것과 비슷한 경험치를
내게 던져 주고 있었다. 공대를 이루어 사냥을 해야 할 몹을

단둘이서 잡아 경험치를 배분하는 것이다.

나는 NPC들과 파티를 이루어 사냥을 하며 처음으로 NPC보다 내가 주는 데미지가 적은 기이한 경험을 하고 있었다. 무명은 진짜 무지막지한 NPC였다.

저 멀리 거인 하나가 쿵쾅거리며 나에게 덤벼들기 시작했다.

지금 내 렙은 84. 이미 서버 최고 렙을 넘어섰다. 렙업까지 필요한 경험치가 겨우 0.2퍼센트 정도 남아 있다.

무명이 먼저 그 거인에게 선방을 날린다. 그의 검이—이름조차 알려주지 않고 그저 무명검이라고만 불렀다—검은색 기운에 뒤덮여 거인의 몸을 가르자 길이 20미터쯤으로 늘어난 검의 기운이 거인의 어깨를 후려쳤다.

처음 그와 파티를 이루어 사냥했을 때, 나는 내 공격이 닿기도 전에 쓰러지는 거인을 멍청하게 바라만 봤다. 경험치도 거의 얻지 못했다. 하지만 지금은 어떻게든 달려들어 십성 천낙을 좌우일승대법과 함께 날리고 있었다. 많이 때려야 두 방에서 세 방이다.

순식간에 거인이 죽임을 당하고, 거대한 몸통이 지진을 일으키며 바닥에 쓰러졌다. 무명은 아무렇지도 않게 검을 다시 검집에 넣었다.

말 한마디 없다.

내 몸에 은은한 빛이 돌며 레벨 업을 알려왔다.

스테이터스 창을 보며 나는 뿌듯했다. 무명을 만난 지 현실 시간으로 고작 하루가 지났을 뿐이다.

"85렙 달았네요."

내 말에 무명은 묵묵히 고개를 끄덕였다. 현실의 하루라면 이곳 시간으로는 16일이다. 플레이 시간만 따져서.

그동안 나는 무명의 목소리를 겨우 두세 번 들을까 말까 했다. 물론 나도 렙업에 빠져 말을 거의 걸지 않았지만.

문득, 나는 무명이 NPC치고는 이상하다는 느낌이 들었다. 컴퓨터가 조종하는 캐릭터 특유의 무의미한 행동이 일절 없었다.

레벨 업도 어지간히 했겠다, 나는 무명의 곁에 털썩 주저앉았다. 무명은 조용히 내가 하는 행동을 지켜만 보고 있었다.

"잠깐 쉬었다가 해요."

알겠다는 고갯짓을 하며 무명이 내 건너편에 자리를 잡았다. 커다란 바위를 등받이 삼아 긴 검을 가슴에 안는다.

"티아메트의 분신이죠?"

"그렇다."

"혹시… 플레이어 NPC인가요?"

주로 중증의 장애를 가져 현실에 적응할 수 없는 사람들 중, 이 샹그릴라에서 NPC로 살아가는 사람을 플레이어 NPC라 불렀다.

무명은 내 말에 답하지 않았다. 긍정도 부정도 아니다. 하지만 부정하지 않는다는 점에서 이미 긍정의 말을 한 것이나 다름없었다.

"역시 그렇구나. 플레이어 NPC는 대부분 고위 귀족들이라 들었는데, 봉인된 티아메트의 역할을 맡다니 무명님 취향도 특이하시네요."

여전히 묵묵부답이다.

"현실에서 이름은 뭐예요? 어디 살고 계시죠?"

그가 컴퓨터 프로그램이 아니라는 것을 알게 되자 궁금한 점들이 처음으로 떠올랐다. 하지만 무명은 내 물음을 한마디 말로 일축했다.

"대답할 이유가 없다."

"그건 그렇지만……. 아, 그런데 왜 저를 처음 만났을 때 강해져야 한다고 말한 거죠? 혹시 그런 역할인가요?"

"역할이라……."

말꼬리를 흐리는 그를 보며 나는 조금 이상한 생각이 들었다.

"혹시 저를 아세요?"

"……."

"저는 성한규라고 해요. 이 캐릭터는 한큐이고요."

"흥미없다."

탁 잘라 말하는 그를 보며 나는 쓴웃음을 지었다.

"같이 플레이하는 사람끼리 너무 딱딱하게 굴지 말아요. 플레이어 NPC를 처음 만나서 그러는 거니까요. 아, 정확히는 처음이 아니구나."

엘베로사가 있었다. 그러고 보니 그녀는 어떻게 되었을까?

"엘베로사와 만났을 때 무슨 이야기를 한 거예요?"

"……."

"엘베로사 있잖아요. 티아메트를 깨울 때 저와 같이 있었던 플레이어 NPC. 실은 제가 아는 사람이거든요. 현실에서요. 그녀는 나를 모르지만."

계속 이야기를 하는 중에도 무명은 아무런 대답을 하지 않았다. 정말 흥미가 없다면 고개를 돌릴 텐데, 그는 계속 내 얼굴을 응시하고 있었다. 도무지 속을 알 수 없는 남자였다.

"아참, 저 조금 있으면 직업 레벨 99 찍거든요? 전직부터 해야 할 것 같은데, 언제까지 저와 함께 다니실 거예요? 혹시 시간제한 같은 게 있으면 레벨 업부터 해도 상관없어요. 무명 님이랑 같이 다니면 100렙도 금방일 것 같으니."

"때가 올 때까지다."

"네? 어떤 때요?"

"조만간… 알게 될 것이다."

"정확히 정해진 건 없다는 거예요?"

무명은 고갯짓으로 긍정을 표했다.

"으음, 어쩌지……."

"클래스가 무엇이지?"

"카르마 유저요."

무명의 눈빛이 조금 변했다. 눈을 가늘게 뜨며 내 몸을 살폈다.

"특이한 기술을 쓰던데… 몸 안에 축적한 카르마 수치도 굉장하구나. 히든 클래스인가?"

"히든 클래스 맞아요. 아마 전직하면 카르마 마스터가 될 것 같은데, 저도 정확히는 모르겠네요."

"카르마 마스터. 들어본 적이 있는 것 같군."

"네? 혹시 어디서 어떻게 전직해야 하는지 알고 있어요?"

무명은 고개를 저었다. 하긴 몇천 년간 봉인되었다는 설정의 플레이어 NPC가 히든 클래스의 전직 방법을 알 리가 없었다.

나는 무명을 다시 살펴보았다. 온통 검은 갑옷으로 몸을 감추고 있어 표정조차 알기 힘들었다. 무언가 큰 퀘스트를 감추고 있는 듯 보였지만, 나로서는 알 방법이 없었다.

"그럼 일단 렙업부터 해요. 전직이야 나중에 해도 될 테니까. 무명님이 언제까지나 저랑 같이할 수 있는 것도 아닐 것 같고요."

결정을 내린 후 나는 다시 몸을 일으켰다. 무명도 나를 따라 자리에서 일어났다.

목표는 마운틴 자이언트의 마을이다. 마을 하나를 통째로 들어 엎는다면 경험치가 꽤 짭짤할 것이다.

거인족, 자이언트들은 사람들과는 엄연히 다른 습성을 가지고 있었다. 생긴 것부터가 사람과는 달랐다. 팔은 길고 다리는 짧아 언뜻 고릴라 같은 동물처럼 보였다. 원숭이만큼 털이 많지는 않았지만, 발등과 손등만큼은 머리카락만큼 털이 자라 있었다.

집도 움막에 가까웠다. 수십 미터의 거목을 기둥 삼아 세우고, 드래곤의 가죽으로 천막을 쳤다.

거인의 허벅지뼈라 불리는 이 폭 좁은 땅은 거인들 말고도 아용족(亞龍族)들이 다수 서식하고 있었다. 켈드리안 원시림에서 보았던 것과 같은 공룡과 비슷한 짐승들이 바로 그것이었다. 이들이 바로 거인들의 사냥감이자 식량원이었다.

거인의 허벅지뼈에 살고 있는 동식물들은 하나같이 스케일이 컸다. 나무들은 거목이 아닌 것이 없었고, 호랑이도 코끼리만 한 몸집을 자랑했다.

무명과 함께 나는 마운틴 자이언트의 마을 하나로 숨어들어갔다. 거인들의 움집이 군락을 이룬 모습이 저 멀리 보였다.

움막들 사이로 거인들이 삼삼오오 모여 있었다. 한 마리를 건드리면 서너 마리가 같이 따라 나올 듯 보였다. 필드를 한두 마리씩 돌아다니는 것과는 분명 난이도가 다를 것이다.

하지만 나는 그것들을 보면서 전혀 무섭다는 생각이 들지 않았다. 무명이 함께였기 때문이다. 이 플레이어 NPC는 정말 무지막지하다.

바닥에서 돌멩이 하나를 주워 들었다. 주먹만 한 돌에 카르마를 실어 거인의 머리통에 쏘아 던졌다. 파공음을 울리며 돌멩이가 거인의 머리에 정통으로 박혔고, 돌을 맞은 거인은 화를 버럭 내며 주변을 살피기 시작했다.

거인과 눈이 마주치자 거대한 발을 쿵쾅거리며 내게 달려오기 시작한다. 함께 고기를 구워먹던 친구 거인 둘이 더 따라붙었다.

나는 활성화할 수 있는 스킬 모두를 발동시켰다. 날아오는 거인의 주먹을 피하며 무릎에 쌍장을 내밀었다.

두웅—

가죽 북이 울리는 소리가 마운틴 자이언트의 마을에 울려 퍼졌다.

거의 동시에 무명이 검을 뽑아 들었다. 그의 검은색 검날 위로 검푸른 번개가 번쩍인다. 번개가 얽혀 만들어낸 검날은

길이가 20미터를 넘었다.

무명이 거인의 가슴팍을 베었다. 피가 후두둑 비처럼 쏟아진다. 나는 다시 좌우 양손으로 천낙을 날려 보냈다.

거인 하나를 죽이는 데 걸리는 시간은 고작해야 30초 이내다. 첫 번째 거인이 굉음을 내며 바닥에 쓰러지는 동안 다른 두 거인이 내 몸을 두들겼다.

팔을 들어 좌우를 막았다. 묵직한 느낌에 내 몸이 뒤로 5미터쯤 밀려났다. 거인들이 불쑥 다가와 또 한 번 주먹을 휘두른다.

내 키만 한 주먹에 난타를 당했지만, 데미지는 견딜 만했다. 어차피 금강부동신공이 대부분의 데미지를 감쇄시켜 주기 때문이다. 고작해야 수십에서 백을 살짝 넘는 데미지를 입을 뿐이다. 만오천을 넘기는 체력을 감안한다면 그리 아플 것 없는 공격들이었다.

틈을 보아 천낙을 찔러 넣는다. 이 자이언트들의 체력이 얼마인지는 알 수 없었다. 천낙을 맞고도 움찔거릴 뿐이다. 하지만 무명의 공격에는 자이언트들도 겁을 집어먹었다.

무명의 검이 또 한 거인의 목숨을 앗았다. 3:2의 싸움이 1:2로 바뀌는 순간이었다.

하나 남은 거인이 분노 상태가 되어 길길이 날뛰었다. 귀여우리만치 짤막한 다리로 나를 짓밟으려 덤벼 들었다. 하지만 질뢰답무영의 스킬이 있는 내게 거인의 움직임은 굼뜨게 보일 뿐이었다.

뒤로 돌아가 거인의 오금에 쌍장을 터뜨렸다. 제법 충격이 들어갔는지 무릎이 살짝 흔들린다. 그 틈을 타 무명이 거인의 복부에 검을 찔러 넣었다. 거인이 괴물같이 울부짖었다.

세 거인이 주검이 되어 바닥에 쓰러졌다. 나는 거인의 몸에 다가가 주워 갈 게 없을까 하며 몸을 뒤졌다.

사실 그동안의 싸움으로 인벤토리는 가득 차 있었다. 장비도 이미 전부 매직급으로 채운 지 오래다. 그래도 혹시 좀 더 값어치 나가는 게 있을까 하는 마음에 나는 거인의 몸을 살펴보기로 했다.

거인의 전리품 주머니를 뒤지던 내 손에 반지 같은 물건이 잡혔다. 서둘러 꺼내 살펴보았다.

Item

[거인 사냥꾼의 반지]

거인을 사냥하던 부족의 장신구.

등급:매직급
옵션:힘 +3, 민첩성 +3, 정확도 +3, 인내심+3

지금 가지고 있던 반지보다는 쓸 만했기에 나는 전의 반지를 버리고 그것을 대신 찼다. 내 손에는 지금 벨프라인 공의 반지와 거인 사냥꾼의 반지 이렇게 두 개의 반지가 왼손, 오른손 중지에 끼워져 있었다.

　거인의 허벅지뼈도 켈드리안 산맥 깊은 곳과 마찬가지로 90레벨 이상의 몬스터가 배치된 장소였다. 레벨이 높을수록 더 높은 등급의 아이템이 나오기 쉬운 샹그릴라 게임의 특성상 요 며칠 매직급 아이템을 발견하는 것은 그리 어려운 일이 아니었다.

　게다가 매직급의 경우에는 레벨에 따라 붙는 옵션이 정해져 있었다. 최고 렙 존답게 아이템들 하나하나가 상당히 좋은 옵션을 가지고 있었다.

　문득 돌아보니 너무 레벨이 높아진 것은 아닌가 하는 느낌도 들었다.

　처음 무림혈비사의 스킬이 옮겨져 왔을 때만 해도 캐릭터가 강해진다는 것이 즐겁기만 했다. 게다가 게임 안에서 하고 싶은 일들도 있었다. 혜나 누나와 만난다거나, 엘베로사가 부탁한 티아메트의 봉인 해제 같은 것들이 그것이다.

　지금은 둘 다 이미 이루었다. 혜나 누나, 다시 말해 엘베로사와 만났다. 물론 생각했던 것과 같은 형태의 만남은 아니었지만. 이제 그녀를 설득해 현실의 부모님과 만나게 해주는 일만 하면 된다.

그리고 그 엘베로사가 부탁했던 티아메트의 봉인 해제도 이미 들어주었다. 지금 함께 있는 무명과의 광렙도 결국 티아메트의 봉인 해제라는 작업의 결과 같은 것이다.

이제 더 이상 게임 안에서 꼭 해야 할 일은 사라진 것이나 마찬가지다. 그렇다면 평범하게 게임을 즐기는 게 샹그릴라라는 게임 속으로 들어온 목표 그 자체가 아닐까 하는 생각이 들었다.

샹그릴라는 형 한상의 유작이다. 그 안에 있는 무수한 컨텐츠를 즐기는 것이야말로 한상이 형과 함께 시간을 보내는 것이 된다.

굳이 레벨을 올리고 또 강해질 필요가 있을까?

지금도 충분히 사기라고 할 만큼 강한 내가.

생각을 하느라 멈춰 선 나를 무명이 이상하다는 눈으로 바라본다.

"무슨 일이지?"

"음? 아……."

나는 지금 떠오른 생각들을 어떻게 말해야 할지 얼른 정리가 되지를 않았다.

"그러니까, 레벨 업이 빨리 되는 건 좋은데 너무 빠른 게 아닌가 싶어서요."

무명은 이해가 가지 않는다는 듯한 눈빛을 하고 있었다. 하긴 내가 생각해도 바보 같은 이야기이다.

"저는 샹그릴라를 즐기고 싶어요. 이런 식으로 99렙을 찍고 나면 더 할 일이 없어지잖아요. 물론 현거래로 돈을 벌기에는 좋겠지만… 게임을 제대로 즐길 수 없을 것 같아요."

조용히 나를 쳐다보던 무명이 내게 물었다.

"샹그릴라가… 재미있다는 말인가?"

"물론이에요. 이렇게 환상적인 경험을 하게 해주는 게임이 재미없을 리 없잖아요."

"그런가."

말끝을 흐리는 무명. 하지만 그 눈빛에는 어딘지 기쁨의 감정 같은 것이 엿보였다.

그것도 잠시, 그가 딱딱한 목소리로 말한다.

"아직 멀었다."

"네? 뭐가 멀었다는 거죠?"

"지금 네 힘으로는 아무것도 할 수 없다는 말이다."

"뭐를 할 수 없다는 거죠? 스킬도 전부 10레벨이고, 레벨도 85예요. 지금 서버 최고 렙이 70렙을 넘을까 말까 한데……"

"한큐, 너는 더 강해져야 한다."

무명의 말에 나는 고개를 갸웃거렸다.

"아까 말했던 '그때'인가 뭔가 때문인가요?"

무명이 묵직한 고갯짓으로 그렇다고 답했다.

"그때가 뭔데 그래요? 설마 벌써 샹그릴라 제2계가 열린다는 건가요? 아니, 그건 두 왕국 중 하나가 멸망할 때 열린다고 했는데……."

"때가 되면 알 수 있다."

또 똑같은 대답이다.

울컥—

"그 예언자 같은 말투는 집어치워요."

무명이 나를 물끄러미 바라본다.

"제작진도 발표하지 않은 뭐가 있다는 거예요? 무슨 때가 온다는 건지 이야기를 해줘야 알아먹죠. 은혜를 갚기 위해 렙업을 시켜준다고 해놓고는 왜 말이 바뀌어요?"

"조만간……."

내 말을 끊으며 무명이 말을 한다.

"엘베로사가 움직일 것이다. 그 아이는 나를 찾고 있다."

"예?"

이건 또 뭔 자다가 봉창 두들기는 소리냐? 엘베로사의 이름이 여기서 왜 나오지?

"그녀는 이미 샹그릴라의 신이다. 샹그릴라 밖에서는 그녀를 제어할 수 없다."

"엘베로사는… 플레이어 NPC잖아요. 고작 플레이어 NPC가 뭘 할 수 있다는 거예요? 아니 뭐, 나름 괴상한 일을 많이 하긴 했지만……"

나는 이렇게 대답하며 엘베로사가 나에게 했던 일들을 떠올려 보았다. 하나같이 샹그릴라 세계와는 어울리지 않는 것들이었다.

무협 게임의 캐릭터 스킬을 판타지 세계인 이곳에 그대로 옮겨놓지를 않나, 게임 내의 시간을 정지시키고, 심지어는 최고 렙 공격대의 던전을 혼자서 깨기도 했다. 그것도 말 한마디만으로.

"샹그릴라 밖에서 그녀를 제어할 수 없다니… 제작진도 어떻게 할 수 없다는 얘기예요?"

곧바로 떠오른 질문을 던졌다. 하지만 무명은 입을 다문 채 아무것도 답해주지 않았다.

"도대체 무슨 일이 일어나고 있는 거예요?"

무명이 다시 입을 연다.

"엘베로사가 움직일 것이다."

여전히 알 수 없는 대답을 하는 무명을 나는 한참이나 바라보았다.

저 고집스러운 눈빛. 어딘가 낯이 익는데.

"이게 뭐야!"

일산의 샹그릴라 서버 건물 안에서는 제작진의 비명이 울려 퍼지고 있었다. 처음 시작은 게임을 모니터링하고 있는 서버 운영자실에서부터였다.

모니터링 용으로 설치한 200개가 넘는 화면이 일제히 꺼졌고, 서버 운영실의 직원은 곧바로 상급 부서에 상황을 전달했다. 서버 다운 여부를 조사해 보았지만 그것마저도 불가능했다.

100명의 GM들의 휴대폰이 일제히 울렸다. 게임용 콘솔과 연결된 휴대폰은 샹그릴라 세계에 문자를 전송했다.

서버 내의 이상 여부 보고하도록.

하지만 어느 GM도 이상한 점을 보고해 오지 않았다. 여전히 샹그릴라 세계는 같은 모습으로 그곳에 있었다.

두 번째로 비명이 터져 나온 곳은 기획실이었다. 게임 엔진으로 샹그릴라 제2계를 설계하던 그들은 갑작스러운 이상 현상에 웅성거리기 시작했다.

금발 벽안의 남자 직원 하나가 이게 뭐냐며 비명을 지르는 기획실 대리 유채림을 쳐다보았다. 하지만 채림은 모니터에 고정된 눈을 떼지 못했다.

"유 대리님, 이게 도대체……."

"나도 몰라요. 무슨 일이죠?"

그녀의 모니터 안에는 샹그릴라의 세계로 보이는 새로운 맵이 펼쳐져 있었다. 제1계와는 몬스터의 배치에서 지명까지 완전히 다른 곳이었다. 그야 당연했다. 제2계의 데이터였으니까.

채림이 소리를 지른 이유는 세계의 창생 속도 때문이었다. 갑자기 데이터들이 제멋대로 세계를 만들기 시작했다. 산을 쌓아올리고 바다를 퍼냈다. 계곡, 그리고 그곳에 수많은 부족과 종족, 동식물들이 제멋대로 태어나 자라났다.

또 다른 직원이 수화기를 목에 끼운 채 채림을 불렀다.

"대리님, 서버실에서의 보고입니다. 샹그릴라 서버 모니터링 화면이 일제히 꺼졌다고 합니다. 현재 샹그릴라 서버를 살필 수 있는 수단이 사라졌습니다."

보고를 받은 채림은 눈살을 찌푸렸다.

"뭐지? 이런 일… 개발 단계에서는 한 번도 일어난 적 없는데."

기획과의 과장까지 채림에게 다가왔다. 그녀는 본사인 엘하임 엔터테인먼트에서 파견된 직원이었다. 실무에서는 샹그릴라에 대해 채림보다 아는 바가 적었다.

"유 대리, 자세한 상황을 보고해 주게. 갑자기 이게 무슨 난리인가?"

또 다른 전화가 기획실로 걸려왔다. 이곳 일산 서버 건물의 총책임자이자 샹그릴라의 관리 총책인 하워드 콜린젝의 전화였다.

"현재 샹그릴라 서버 전체가 오작동을 일으키고 있는 것으로 판단되는바, 서버의 재부팅을 명한다."

수화기 속의 대화를 들으며 기획실의 직원들은 재빠르게 지금 하고 있던 작업을 저장하기 시작했다. 사무실의 한쪽 천장 모퉁이를 차지하고 있는 사내 통신망에 글자가 나타났다.

건물 전체의 전원을 5초간 차단하는 리부팅 작업을 1분 후에 시작합니다. 작업 중인 모든 분들은 정전에 대비하여 데이터를 보존하여 주시기 바랍니다.

채림도 수화기를 내려놓으며 샹그릴라 제작 엔진을 조작했다. 여전히 화면에서는 빠른 속도로 새로운 세계가 태어나고 있었다.

카운트다운의 숫자가 빠른 속도로 줄어들었다. 그때, 채림의 핸드폰이 문자 수신을 알리는 진동음을 냈다. 슬쩍 주머니로 손을 넣어 핸드폰을 꺼냈다.

재미있는 것을 찾아냈어. 보내줄게.

—제동.

곧바로 컴퓨터의 메신저로 문서 파일 하나가 도착했다는 메시지가 떠올랐다. 채림은 눈치를 보며 메신저의 문서를 열었다. 슬쩍 눈을 들어 카운트다운을 보니 아직 40초 정도 남아 있었다.

샹그릴라를 창조한 인간 한상의 최고의 조력자 엘베로사가 명령한다. 세계여, 한상을 찾으라.

문서를 읽자마자 채림은 텍스트 파일을 삭제했다. 내용은 이미 기억했다. 쪽지의 답문을 보냈다.

이게 무슨 장난이야?

곧바로 답이 온다.

장난으로 보여? 게임 내에서 찾아낸 시스템 명령이야.

5, 4, 3, 2, 1.

카운트다운이 0으로 떨어진다. 채림은 전원이 꺼질 것을 예상하며 살짝 눈을 감았다. 건물 전체의 전원을 끄는 것이니만큼, 형광등과 같은 조명도 꺼질 것이다.

그런데,

카운트다운의 숫자가 −1을 표시했다. 이어 1초마다 한 번씩 음의 숫자로 한없이 작아져 갔다.

사무실의 사람들이 웅성거리기 시작했다. 채림의 핸드폰이 다시 울린다. 조금 전까지 문자를 주고받던 제동이 다시 한 줄 글을 보내온 것이다.

리셋 실패야?

그럴 리가? 건물의 전원을 내리는 데 실패하고 뭐고 할 게 없잖아.

다시 사무실의 전화가 일제히 울렸다. 채림은 문자에 컴퓨터, 전화까지 모든 매체가 자신을 압박해 오는 듯 느껴져 순간 짜증이 치밀었다. 전화를 들어 귀에 가져갔다.

"샹그릴라 서버 건물 전체가 사이버 테러를 당하고 있는 것으로 의심되고 있습니다. 모든 직원은 신속히 데이터 케이블을 차단하여 해킹에 의한 정보 유출을 막아주시기 바랍니다. 아울러 데이터 외부 반출을 막기 위해 퇴근 시간을 조정할 예정이니 각 부서별로 총무부의 연락을 기다려 주시기 바랍니다."

전화기 안에서 감정이 느껴지지 않는 목소리가 들려왔다. 회사 전체에 일괄적으로 메시지를 전달한 셈이다.

핸드폰을 보니 안테나가 모두 사라져 있었다. 외부와의 연락이 두절된 것이다. 채림은 눈살을 찌푸렸다.

"도대체 무슨 일이 벌어지고 있는 거야?"

그때, 채림의 메신저에 또다시 문자가 수신되었다. 제동이 보낸 것인가 싶어 열어보았다. 하지만 송신자에 기묘한 이름이 적혀 있다.

샹그릴라는 내가 만든 세계야. 한상을 제외하고 어느 누구도 만질 수 없어. 유채림, 한상을 찾아.

From 엘베로사.

엘베로사. 샹그릴라 세계라면 속속들이 알고 있는 채림도 이 이름만큼은 생소했다. 물론 플레이어가 스스로 지은 이름 하나하나까지 기억하지는 못했지만, 어느 정도 유명하다 싶은 이름은 전부 꿰차고 있었다. 자신이 만든 이름만 해도 몇백 명은 되니까.

메신저로 답장을 적어 보내려던 채림은 과장의 호통을 들어야 했다.

"유 대리, 어서 본사의 지침대로 행동하게. 데이터 케이블을 제거하란 말일세."

채림은 고개를 끄덕이며 허리를 굽혔다. 본체 윗면의 랜 선을 뽑았다. 그 순간, 창조를 거듭하던 샹그릴라 제2계의 맵이 작동을 멈췄다.

"그럼 나는 회의를 하러 자리를 비우겠습니다."

기획과장 사카자키 류우가 기획실 직원들에게 큰 목소리로 말했다. 디지털 커뮤니케이션의 시대인 지금 외부와 완전히 단절된 이곳 기획과 사무실의 사람들은 과장을 멍한 얼굴로 바라보았다.

하워드 콜린젝은 잔뜩 찌푸린 얼굴로 화상 통화를 하는 중이었다. 엘아힘 엔터테인먼트의 사장 제이큰 스펙트의 질책에 귀가 다 먹먹할 지경이다. 서버 관리를 어떻게 하느냐니, 사이버 공격에 대한 대비책을 세워놓은 게 없냐느니 하는 소리들이었다.

하워드는 억울했다. 애초에 블랙박스 투성이의 게임을 무리하게 상업화하도록 명령한 게 누구란 말인가? 운영자조차 제어할 수 없는 게임으로 돈을 벌겠다고 나서는 것 자체가 어불성설이다.

제이큰과의 통화가 끝이 나자마자 하워드는 회의실로 향했다. 우선 정확히 무슨 일이 일어난 것인지 파악하는 게 우선이었다.

회의실에는 각 과의 과장, 실장들이 자리를 잡고 있었다. 기획과의 사카자키 류우, 프로그램과 에바 돌라린스, 마지막으로 들어오는 큐젝 바이칼은 서버 관리실의 실장이었다. 그 밖에도 총무 인사과, 홍보실, 게임 운영실 등 프로그램 관리와는 직접적으로 연관이 없는 곳의 사람들도 한자리에 모였다.

"인사는 생략하고, 가장 먼저 문제가 터진 서버 관리실부터 보고를 시작하십시오."

다국적 기업답게 회의는 영어로 진행되었다. 큐젝 바이칼이 하워드의 질책성 질문에 고개를 떨어뜨렸다.

"정확히 12분 전, 서버실의 모니터링 화면이 일제히 꺼졌습니다."

"그건 이미 알고 있소. 왜 그런 일이 일어난 거요? 정말 사이버 테러요?"

"그게, 지금으로서는 알 수 없습니다. 모니터링이라고 해봤자 샹그릴라 세계를 무작위로 날아다니는 옵저버 같은 화면이 전부입니다. 그것과 더불어 게임 데이터를 쉬지 않고 동기화하는 정도가 저희 서버 관리실의 업무입니다. 하지만 어떠한 감시 프로그램도 이상을 표시하지 않고 있습니다."

하워드가 다시 큐젝을 추궁했다.

"이전부터 당신은 블랙박스의 존재를 보고해 왔습니다. 혹시 그것과 관련이 있습니까?"

"정확한 것은 좀 더 조사해 보아야 합니다. 하지만, 데이터 송수신 목록을 조사해 본 결과 외부로부터의 침입이 아닌 것만은 단언할 수 있습니다."

"그럼 내부자의 소행이란 말이오?"

"메인 서버를 제외한 모든 단말기의 데이터 케이블을 제거했습니다. 하지만 상황이 변하지 않는 것으로 보아 이 건물의 사람으로부터 시작된 일은 아닌 것 같습니다. 치프의 말씀대로 블랙박스가 원인일 가능성이 상당히 있습니다."

게임 운영실의 실장 린다 헤밀라가 큐젝의 말을 받았다.

"현재 샹그릴라 게임에 접속한 채 게임 내의 일을 처리하고 있는 GM들은 평소와 다름없이 업무를 수행하고 있습니다. 다시 말해 샹그릴라 게임 자체는 현재도 무사히 돌아가고 있다는 것입니다."

하워드가 신음을 뱉으며 턱을 괴었다.

"샹그릴라를 손에 넣은 지 벌써 반년 이상 흘렀는데, 상황은 처음과 같군그래. 도대체 뭐가 문제인가? 고작해야 게임 아닌가? 세계적인 프로그래머들이 모여 나온 답변이 알 수 없습니다 뿐인가?"

프로그래머를 총괄하는 에바 돌라린스는 치프의 말에 고개를 떨어뜨렸다.

"면목없습니다."

하워드가 모두를 돌아보며 말했다.

"겨우 게임을 운영하려고 동방의 작은 나라에 들어온 게 아니야. 서버를 운영하는 데에 문제가 없다면 지금까지와 마찬가지로 계속해 나가게. 언론사에 소문이 흘러나가지 않도록 조심하고."

마지막으로 에바 돌라린스를 보며 하워드가 입을 열었다.

"서둘러 샹그릴라를 해석해 내게. 이제 곧 그분들의 첫 번째 실험이 시작될 예정이네. 더 이상 시간을 끌지 말게나. 그분들을 화나게 해선 안 되네."

에바는 하워드의 말에 몸이 쭈뼛 곤두서는 듯했다.

"알겠습니다."

유채림이 이제동을 먼저 찾는 일은 정말이지 드물었다.

서버 건물의 대대적인 검수 작업이 있는 동안 옛 JK소프트의 직원들은 휴게실에 격리되다시피 했다. 몇 개의 휴게실에 나뉘어 쉬는 사이, 채림은 제동이 있을 프로그램 파트의 휴게실로 향했다.

두 사람은 휴게실의 한구석에 놓여 있는 소파에 나란히 앉았다. 다른 직원들은 예전부터 두 사람의 관계를 알고 있었기에 멀찌감치 떨어져 관심을 끄고 있었다. 또 프러포즈하려나 하는 이야기로 수군거리며.

하지만 지금 두 사람이 나누고 있는 이야기는 그런 로맨틱한 것과는 거리가 멀었다.

"엘베로사가 누구야?"

채림의 물음에 제동은 고개를 젓는 것으로 대답을 대신했다.

"너도 모른다는 거야?"

"응, 들어본 적 없어. 사람이기는 해?"

"그게 무슨 말이야?"

채림의 묻는 말에 제동은 한층 목소리를 낮췄다.

"샹그릴라 안에 블랙박스가 존재한다는 것은 너도 알고 있지?"

"물론. 예전에 팀장님이 혼자서 만들어낸 부분들이잖아. 세계에서 모아온 엘아힘 엔터테인먼트의 프로그래머들도 해석하는 데 실패한……. 그런데 그게 왜?"

"내가 너에게 보냈던 문장을 찾아낸 곳이 거기야."

"음?"

채림이 고개를 갸웃거리자, 제동은 손바닥을 펴 가로로 들어 올렸다. 그리고는 다른 손바닥을 그 아래에 가져다 붙였다.

"조금 이상할지 모르지만 굳이 개념상으로 설명하자면 이 위가 샹그릴라의 세계고, 이 아래 손바닥이 블랙박스 부분이야. 지금까지 샹그릴라 게임을 운영하면서 블랙박스 때문에 문제가 생겼던 적은 단 한 번도 없다고 할 수 있어. 그도 그럴 것이, 블랙박스는 따지고 보면 게임과는 아무런 연관도 없거든."

"그건 대충 알고 있어. 그래서 더더욱 블랙박스를 해석하는 데 애먹고 있다고 하니까. 분명 게임과 블랙박스 사이에는 트래픽의 교환이 이루어지고 있지만, 정작 그게 게임에 어떤 영향을 미치고 있는지는 아무도 모르잖아."

"맞아. 하지만 오늘 처음으로 해석할 수 있는 데이터의 움직임을 찾아낸 거야."

채림이 눈을 동그랗게 뜬다.

"그게 바로 그 문장이라는 거야?"

"응. 재미있지 않아? 성서에나 나올 법한 말투로 '세계여, 한상을 찾으라' 라니."

채림은 제동을 잠시 바라보다 천천히 운을 뗐다.

"실은 데이터 케이블을 제거하기 직전에 메신저로 쪽지를 받았어."

"쪽지?"

"엘베로사로부터."

제동이 채림의 말에 미소를 띠었다. 한층 더 재미있어졌다는 듯한 표정이었다.

"내용은 네가 보낸 것과 비슷해, 전 팀장님을 찾으라는. 그리고 그녀는 자신이 샹그릴라를 만들었다고 했어."

"샹그릴라를 만들었다라……."

제동의 혼잣말을 들으며 채림은 전 팀장 한상과 함께 일하던 때를 떠올렸다. 홀로 좁은 사무실에 앉아서 작업하길 즐기던 그. 그러고 보니 그가 죽던 그날, 드물게도 한상은 어린 팬과 채팅을 하고 있었다.

"채팅?"

채림의 말에 제동이 고개를 갸웃한다.

"채팅이 왜?"

"저기… 전에 팀장님 사무실 있잖아."

"거기가 왜?"

"나… 그곳에서 팀장님이 어린아이랑 채팅하고 있는 모습을 본 적이 있어."

"설마… 그건 불가능해."

이제동의 단정 짓는 듯한 말에 채림은 한 가지 사실을 떠올렸다.

"그 사무실, 외부랑 연결된 회선이 있었던가? 보안 때문에 인터넷과 연결된 컴퓨터는 따로 관리되고 있었잖아. 한상 팀장의 사무실에 인터넷이 되는 컴퓨터가 있었어?"

그녀의 물음에 제동은 곧바로 고개를 저었다.

"아니. 그곳에 있는 건 전부 샹그릴라와 관련된 장비뿐이었잖아. 회사 내부의 인트라넷조차 연결되지 않은 곳이야. 오직 연결된 건 샹그릴라 서버뿐이었지. 그런데 그게 왜?"

채림은 갑자기 등골에 한기가 느껴졌다. 무슨 구시대 한담도 아니고, 한상은 전화선 끊긴 전화기로 대화를 한 셈이다.

채팅하는 장면을 보았을 때만 해도 이 점을 떠올리지 못했다. 한상의 기행이 한둘이 아니었기에 오히려 무슨 짓을 해도 이상하지 않았으니까.

제동이 말을 잇는다.

"뭣보다 그럴 위인이야? 그 사람이?"

"그렇지? 팬과의 채팅이라니……. 그때도 이상하게 생각하고는 있었어. 하지만……."

제동이 한마디 이름을 다시 입에 담는다.

"엘베로사."

채림과 제동은 서로를 쳐다보았다. 설마 하며 애써 생각난 것을 지우려 했다. 하지만 끝끝내 머릿속에서 한상이 채팅을 하던 상대가 엘베로사라는 생각을 없앨 수 없었다.

"찾아봐. 대화해 봐."

채림의 말에 제동은 고개를 끄덕였다. 채림이 다시 말한
다.

"나도 할 수 있는 걸 해볼게. 그리고 이 일은 일단 우리 두
사람만 알고 있는 걸로 하자."

"오케이. 이거 어쩌면 옛 우리 샹그릴라팀이 터무니없는
것과 거래를 하고 있었는지도 모르겠는걸. 악마 같은?"

채림은 제동의 말에 아무런 대답도 하지 않았다. 으슬으슬
한 기분에 자신도 모르게 제동의 손에 자신의 손을 밀어 넣었
다. 제동이 그녀의 손을 꼭 움켜쥐었다.

3

Status

한큐:레벨 100   경험치:—
직업:카르마 유저   직업 레벨:99 (99.99%)
작위:평민   명성치:75,213

체력:18,350 카르마:326,500 근력:134 정밀함:147
민첩성:152   인내력:140   지력:17   매력:35

무명을 만난 지 사흘이 흘렀다. 현실의 시간으로 말이다.

결국 나는 100레벨에 도달하고 말았다. 하지만 기쁜 마음은 그리 크지 않았다.

무명은 막무가내였다. 내 말에는 귀 기울이지 않고 나를 데리고 다니며 레벨 업을 시켜주었다. 그동안 나는 마을에 한 번 가지 않고 그저 사냥만을 했다. 솔직히 좀 따분한 작업이었다.

샹그릴라의 가장 큰 장점 중 하나는 전투의 박진감이다. 아슬아슬하게 적의 공격을 피하며 빈틈을 노리는 전투 그 자체가 즐겁지 않았더라면 지금까지 나왔던 수많은 온라인 게임과 마찬가지로 단순 노동의 반복 그 이상도 아닐 것이다.

하지만 요 며칠간 게임 시간으로 몇 달간의 전투는 그저 지겨울 뿐이었다. 몹을 끌고 와 무명이 순식간에 정리를 하고, 나는 기를 쓰며 천낙을 날려 단 1이라도 데미지를 더 입히려 했다. 겨우 그것뿐인 전투가 즐거울 리 없다.

95렙을 넘어서면서 나는 더 이상 천낙을 쓰지 않았다. 레벨 차이에 따른 페널티가 사라진 이상 천낙보다는 청구연환삼식이 훨씬 효율적이었다. 천낙 십성은 1,500의 공격력을 가지고 있었다. 데미지로는 6천대이다. 거인의 방어력을 감안한다 하더라도 좌우일승으로 8천 데미지 이상을 입힐 수 있었다.

하지만 그뿐이다.

지겨운 노가다의 연속이라는 점은 변하지 않았다.

내 불만은 표정에까지 묻어 있었던 모양이다. 100레벨에 도달하는 순간 무명이 내게 물었다.

"어렵지 않게 만렙을 달성했는데도 기쁘지 않은 모양이군."

"당연하죠! 이게 뭐예요? 이럴 거면 뭐 하러 온라인 게임을 하겠어요? 치트키를 쓰고 오프라인 게임을 하고 말지."

내 반항기 섞인 말투에 무명은 조용히 고개를 끄덕였다.

"네 말이 맞다."

"그……."

"미안하구나. 네게서 게임을 하는 즐거움을 빼앗아서."

너무나 순순히 사과를 하고 나서니 내 쪽이 오히려 무안해졌다. 따지고 보면 무명도 그저 자신이 맡은 바 일을 한 것뿐이다.

생각해 보면 내가 수행했던 퀘스트, 티아메트의 부활은 따지고 보면 만렙이나 최소한 만렙에 가까운 캐릭터가 깼어야 했다.

그 보상이 100레벨에 이를 때까지 조력자를 얻는 것이었다면, 기껏해야 1레벨 정도의 도움이다. 마지막 1레벨이라는 지루한 렙업 작업을 세계의 절대강자와 함께 스트레스 풀며 보낼 수 있는 것이다.

문제는 40레벨의 내가 그 퀘스트를 깼다는 것이고, 무명도 엘베로사의 괜한 짓으로 생고생을 한 셈이다.

생각을 바꾸고 났더니 울컥하는 기분이 조금 진정되었다.

"이제 100레벨인데 뭘 해야 하죠? 아직도 무명님이 말한 때라는 건 오지 않은 거예요?"

무명은 고개를 끄덕였다.

"엘베로사가 뜻밖의 장애물에 봉착한 모양이다. 그녀는 아직 어린아이에 불과하니까."

"하긴, 어리긴 하죠."

혜나 누나는 고작 열세 살의 경험밖에 하지 못한 사람이다.

"나는 이제 너라는 씨앗을 이 세계에 심어놓았다. 이제부터 나는 내 나름대로 엘베로사의 폭주를 막기 위해 움직일 것이다. 한큐 너는 네 시간을 보내고 있거라. 다만 내게 한 가지만 약속해 다오. 내가 말한 시기가 닥쳐왔을 때 내게 도움을 다오. 나의 말에 귀 기울여 다오."

갑작스러운 작별 인사였다. 내내 툴툴거리기만 했지만, 그래도 게임 내에서 처음으로 오랫동안 함께 파티를 한 사람이다. 무명은 비록 NPC의 역할을 하고 있지만 그 내면은 사람이었으니까.

"알았어요. 약속할게요."

"고맙다."

말을 마치며 무명은 자신의 몸을 비룡의 형태로 변형했다. 목짓으로 내게 신호를 보낸다. 등에 올라타라는 표시다.

나는 잠자코 비룡이 된 무명의 등에 올랐다. 순식간에 거인의 허벅지뼈를 벗어났고, 무명은 나를 그로얀 왕국 최대의 도시 롬로스 외곽에 내려주었다.

다시 인간의 모습으로 변한 무명이 내 앞에 섰다. 나는 물끄러미 그를 쳐다보았다. 갑자기 무명이 내 몸을 끌어안았다.

"한큐."

"네?"

"너와 함께한 이 시간들이 나에게는 행복이었다."

솔직히 당황스럽다. 오버스러운 것도 정도껏 해야지. 겨우 게임에서 만난 사이인데 이렇게까지 작별 인사를 할 건 또 뭔가? 게다가 다시 만날 거라면서.

"아, 예. 저도 즐거웠어요."

무명이 천천히 내 몸을 놓았다. 그리곤 다시 비룡으로 변해 샹그릴라의 하늘 저편으로 사라졌다.

나는 한참이나 그의 뒷모습을 바라보았다.

"하여간 게임에 너무 빠지는 것도 문제라니까. 하긴, 플레이어 NPC라면 평소에 사람을 만날 일이 없었을 테니 사람 냄

새가 그립기도 하겠지. 좀 더 잘해줄 걸 그랬나?"

중얼거리고 몸을 돌렸다. 저 멀리 거대한 성이 보인다. 왕
도 롬로스다.

"그럼 이제 돈을 벌어볼까?"

나는 잠시 샹그릴라 세계를 벗어났다. 핸드폰을 샹그릴라
콘솔과 연결하기 위해서였다.

무명과의 만남을 나는 단지 지나가는 퀘스트 정도로만 생
각했다. 기분 전환은 빨랐고, 곧바로 다음 걸음에 대해 생각
하기 시작했다.

한때 좋지 않은 것으로 인식되어 대부분의 게임이 현거래
를 금지했던 시기가 있었다. 하지만 지금은 아니다. 오히려
모든 게임이 현거래를 위한 시스템을 제공하고 있었다.

샹그릴라 역시 마찬가지였다. 핸드폰을 콘솔에 연결하면
텔레뱅킹을 통해 안전하게 현거래를 할 수 있었다.

우선 나는 핸드폰을 등록하기 위해 게스트 하우스로 향
했다. 게스트 하우스는 샹그릴라에 찾아온 손님들, 즉 엘모
아 여신의 축복을 받은 모험가들만 이용할 수 있는 장소였
다.

게스트 하우스에서 제공하는 서비스는 크게 두 가지였다.
하나는 정보였고, 또 다른 하나는 현거래였다.

정보는 간단히 말해 뉴스나 날씨, 교통 상황 따위의 현실 세계에서 필요로 하는 정보를 제공하는 것이다. 사실 그렇게까지 쓸모가 있는 것은 아니었기에 게스트 하우스의 정보를 이용하는 사람은 드물었고, 이곳에 있는 사람들 대부분은 현 거래를 하기 위해 모여든 것이다.

게스트 하우스의 점원이 친절한 목소리로 내게 말을 건다.

"무슨 일로 오셨습니까?"

"아, 제 핸드폰을 등록하려고요."

"네, 알겠습니다. 저를 따라오세요."

웨이트리스 복장을 한 그녀는 나보다 한발 앞서 게스트 하우스의 깊은 곳으로 향했다. 도중 사람들이 흘끗흘끗 내 모습을 훔쳐보았다.

내가 지금 온몸에 두르고 있는 건 90레벨 이상 존에서 나오는 매직급의 아이템들이다. 아이템의 옵션이 어디 쓰여 있는 건 아니지만 생긴 것만 봐도 대단하다는 게 느껴질 정도였다.

웨이트리스가 안내한 곳은 한 작은 방이었다. 작은 테이블을 사이에 두고 의자가 두 개 놓여 있었다. 한쪽 의자에는 안경을 낀 노인이 있었다.

"이곳은 방음 설비가 된 방입니다. 안심하시고 핸드폰의 정보를 등록하셔도 괜찮습니다."

개인 정보에 대한 관리는 굉장히 철저한 편이다. 몇 년 전쯤에, 게임 회사 하나가 실수로 한 사람의 개인 정보를 유출 시킨 적이 있었다. 주민등록번호와 이름뿐이었지만, 곧바로 소송에 들어갔고, 7억에 이르는 배상금을 판결받았다.

그 후로 몇 번이나 법이 개정되어 지금은 게임 회사조차도 개인의 사적인 정보는 전혀 알 수 없었다. 심지어는 게임 안의 데이터조차 마음대로 살펴볼 수 없도록 되어 있다.

자리에 앉자마자 건너편의 노인이 한 장의 책을 꺼내 든다.

"안녕하십니까. 저는 게스트 하우스에서 개인 정보를 다루고 있는 노벨이라고 합니다. 지금부터 저와 나누는 이야기는 당신과 저만이 알게 될 것입니다. 먼저 현실 세계의 핸드폰이 콘솔과 연결되어 있는지 확인하겠습니다. 이 작업은 수 초에서 수 분이 걸릴 수 있습니다."

앞에 펼쳐진 노트를 뒤적거리는 모션을 취하던 노인이 고개를 끄덕였다.

"핸드폰의 연결이 확인되었습니다. 핸드폰의 소유주는 성한규님으로 되어 있습니다. 본인이십니까?"

나는 고개를 끄덕였고, 노인이 다시 입을 열었다.

"샹그릴라 세계에 저장되어 있는 당신의 데이터와 비교를 해보겠습니다. 이름을 말씀해 주십시오."

"한큐라고 합니다."

"확인되었습니다. 주민등록번호와 지문 인식, 뇌파 검색

등 모든 비교 작업에서 핸드폰의 소유주와 플레이어가 동일 인물임을 확인했습니다."

노인은 계속 앞에 있는 책을 뒤적거렸다. 고개를 슬쩍 뽑아 책 안을 살펴보았다. 읽을 수 없는 글자들이 가득 차 있었다.

"핸드폰의 은행 계좌 정보를 확인하겠습니다. 현재 사용하고 있는 핸드폰이 계좌와 연결되어 있습니까?"

"네."

"확인해 보겠습니다."

말을 하고 몇 초 지나지 않아 다시 노인이 말한다.

"현재 한큐님의 핸드폰은 한국은행의 계좌를 사용하고 있습니다. 계좌번호는 1004−65−456432−02−103입니다. 맞습니까?"

"맞아요."

"계좌 잔액은 22만 3천 426원입니다. 이 계좌를 샹그릴라 게임 아이템 거래 계좌로 사용하시겠습니까?"

"네."

"알겠습니다. 지금 곧바로 등록하겠습니다."

1분쯤 지났을까? 노인이 다시 입을 연다.

"한국은행으로부터 승인이 떨어졌습니다. 이제부터 정식으로 거래가 가능합니다. 아이템 거래 방법에 대해 설명드리겠습니다."

노인이 내 앞에 종이를 한 장 들이밀었다. 그 종이 첫줄에는 '게임 내 아이템 거래 신청서'라고 적혀 있었다.

"먼저 판매하는 방법부터 가르쳐 드리겠습니다. 이 부분에 팔고자 하는 아이템을 드래그하시면 자동을 정보가 기입되게 됩니다. 그리고 원하는 현금 가격을 이 아래 기입해 주십시오. 빈칸으로 놔둘 시에는 자동으로 제시 가격이라는 글자가 적히게 됩니다. 그런 다음 이 문서를 저희 게스트 하우스에 등록해 주십시오. 정보가 그로얀 왕국 게스트 하우스 전체에 퍼지게 됩니다. 만약 판매자의 이름을 알리고 싶지 않으실 때에는 이 아래에 있는 판매자 정보 감춤 칸에 체크를 해주십시오."

그가 하는 말에 나는 몇 번이나 고개를 끄덕였다. 사실 어린애도 할 수 있을 만큼 절차는 간단했다. 따지고 보면 12금 게임이고, 열두 살짜리가 충분히 할 수 있는 일을 이제 곧 고3이 될 내가 못할 리 없다.

"다음으로 구입을 원할 때입니다. 먼저 저희 게스트 하우스에 방문하셔서 판매 리스트를 살펴주십시오. 보시면 알겠지만, 각 옵션별, 장비 부위별, 가격대별로 검색이 가능하니 원하는 아이템을 찾는 것은 어렵지 않을 것입니다. 거래는 모두 당사자들이 직접 만나 하는 것을 원칙으로 하고 있습니다. 리스트에는 등록 게스트 하우스의 도시명이 적혀 있으니, 거래를 원하신다면 먼저 상대에게 연락을 한 후 그 게스트 하우스로 직접 찾아가시면 됩니다."

혹시 있을 문제에 대비하여 거래는 어디까지나 당사자들이 만나서 해야 했다. 이건 다른 게임도 마찬가지였다.

"참고로 계정의 거래는 샹그릴라의 시스템상 불가능합니다. 이 점 유의하시어 부디 사기 거래 같은 피해를 입지 않기 바랍니다."

나는 또 한 번 고개를 끄덕였다.

핸드폰 등록 사무실을 나와 나는 우선 가방에 있던 매직급 아이템 세 개를 거래 리스트에 올렸다. 요구 힘이 조금 붙어 있기는 했지만 40레벨대 캐릭터라면 충분히 장비할 수 있는 정도였고, 붙어 있는 옵션은 상당히 좋은 편이었다.

정확한 시세는 알 수 없었기에 나는 가격란을 비워두었다. 오래지 않아 곧바로 거래 신청이 들어왔다.

―자이언트 옵션 붙은 단검 판다고 하셨죠?

―아, 네.

게스트 하우스에서만 가능한 일종의 텔레파시 대화였다.

―옵션 꽤 좋던데, 님, 운 좋으시네요.

―하하, 그런가요?

―네. 제련이 안 된 게 조금 흠이긴 한데… 혹시 시세 아세

요? 노제련 매직 무기.

　—글쎄요. 대충 다른 판매자 살펴보니 3, 4만 원 하는 것 같던데요.

　—아아, 얼마쯤 생각하고 계세요?

　—먼저 제시해 보세요.

　내 말에 상대가 잠시 고민하는 듯하더니 4만 원을 제시했다. 그리 비싼 가격은 아니었지만, 어차피 인벤도 비워야 했고, 진짜 거래는 은행에 박아둔 전설급 템들이었으니 나는 곧바로 거래에 응했다.

　—좋아요. 4만 원에 팔죠.

　—네, 지금 어디 계시죠? 저 롬로스 게스트 하우스 안에 있는데.

　—아, 그럼 바로 거래방에서 만나죠. 제가 방 잡고 다시 연락드릴게요.

　나는 곧바로 게스트 하우스의 웨이트리스에게 말을 걸었다. 현거래방을 신청하자 나에게 17번이라는 번호가 붙은 열쇠를 건네주었다.

　—17번 방으로 오세요.

　—네, 먼저 가 계세요. 금방 갈게요.

　거래를 위한 방은 판매자 측과 구매자 측으로 칸이 나뉘어 있었다. 서로 상대를 알아볼 수 없게 하기 위한 장치였다. 대부분의 사람들이 현거래의 상대와 얼굴을 마주치는 것 자체를 원치 않는 모양이었다.

나도 그 편이 편했다. 흡사 성당의 고해성사실 같은 느낌의 거래방에 들어선 나는 아이템 함에 자이언트 단검을 내려놓았다.

곧바로 구매자 측 문이 열리며 인기척이 들렸다. 나무 벽을 사이에 두고 그가 인사를 한다.

"안녕하세요."

"안녕하세요."

"이게 자이언트 단검이구나. 룩 간지나네요."

"하하, 그죠?"

"근데 어디서 얻으셨어요? 자이언트 옵션은 꽤 귀하던데."

"아… 벨프스 산맥 남쪽에서요. 오거 잡다가 주웠네요."

"아항, 50레벨대신가 보네요."

내가 말한 장소는 유명한 50레벨대 사냥터였다. 조금 남쪽의 트롤 마을은 레벨이 훨씬 낮아 30레벨대의 사냥터였지만.

"전 이제 겨우 40넘었어요. 시작한 지 얼마 안 되거든요. 이 단검 들면 렙업 좀 빨리 되겠죠?"

"아무래도 상점제보다는 낫죠."

"그렇죠. 아, 잠시만요. 4만 원 거래 걸어드릴게요."

아이템을 내려놓는 장소는 지금 투명한 막에 감싸여 있었다. 상대편도 옵션을 확인할 수는 있었지만, 아이템을 만질 수 있는 것은 나뿐이었다. 그러던 것이, 상대가 돈을 입금하자 내 쪽에 투명한 막이 생기고 상대 쪽의 막이 사라졌다. 동시에 내 앞에 4만 원이 입금되었다는 핸드폰의 문자가 접수되었다.

"확인해 보시고, 거래 최종 승인 눌러주세요."

상대의 말에 나는 고개를 끄덕였다.

"네, 입금 확인했습니다."

"고마워요. 잘 쓸게요."

"제가 더 고맙죠."

같은 방법으로 나는 가방 안에 있던 무기 두 개를 모두 순식간에 팔아치웠다. 손에 넣은 돈은 모두 합쳐 11만 원. 거인의 허벅지뼈에서 내다 버린 아이템들이 새삼 아까웠다. 무명과 함께 있던 게 아니라면 전부 은행에 옮겨놓을 수 있었을 텐데…….

이런 생각을 하며 나는 게스트 하우스를 빠져나왔다. 그곳을 나와서 가장 먼저 향한 곳은 망토를 파는 가게였다. 지금 입고 있는 장비들이 계속 사람들의 주목을 끄는 게 썩 좋게 느껴지지만은 않았다.

내가 향한 곳은 3번가 상점 거리였다. 정말 심할 정도로 오래간만에 가는 것이다. 7월, 클로즈 베타가 한참일 때였으니 말이다.

상점가는 내가 전에 플레이를 했을 때와는 사뭇 분위기가 달랐다. 여전히 건너편 대형 마트와 경쟁이라도 하는 듯 길 하나를 마주하고 있었지만 훨씬 활기가 넘쳤다.

상점가 입구에는 '롬로스 동쪽거리 최대의 쇼핑몰, 3번가 상점 거리' 라는 간판이 달려 있었다. 정말 최대인지는 몰랐지만, 거리를 드나드는 사람들로 입구부터 바글거리고 있었다.

변모한 모습에 나는 절로 고개가 갸웃거려졌다. 그 순간, 내 눈을 사로잡는 문구가 하나 있었다. 상점 거리 초입의 벽에 조각되어 있는 한 줄의 내용은 이러했다.

3번가 상점 거리의 은인 문블레이드를 기억하며…… 상점 거리 상인회 기증.

"푸하하!"

웃음이 터져 나왔다. 도대체 여기서 무슨 퀘스트를 얼마나 했기에 저런 글귀까지 새겨주나?

나는 이런 생각을 하며 상점 거리 안으로 걸음을 옮겼다.

무기력하게 상인들이 상점 안에 틀어박혀 있던 그때와는 달리, 호객의 목소리가 거리 안을 가득 메우고 있었다. 가격을 흥정하기 위해 목소리를 높이는 손님들까지 더해지니 그야말로 시장통이라는 말 그대로의 모습이었다.

나는 우선 천 방어구를 파는 상점으로 향했다. 상점 거리의 지리라면 나도 훤한 편이었다. 사람들에 치여 힘들었지만 헤매지 않고 곧바로 상점에 들어갈 수 있었다.

"이게 누구야! 한큐 아닌가?!"

상점 주인은 대번에 나를 알아보았다.

"오랜만입니다."

"예끼, 이 사람. 그동안 뭘 했길래 코빼기도 안 뵌 건가?"

"하하, 죄송합니다. 롬로스로 몇 번이나 돌아오려 했는데 자꾸 일이 꼬여서……."

"그런가? 아무튼 잘 왔네. 옷차림새를 보니 신수가 훤하구만. 그래, 무슨 일로 왔나?"

"아, 망토를 하나 구입하려고요."

"망토? 으음, 모험가용 망토라……. 마법이 걸려 있는 걸 원하나? 그런 물건은 우리 집에서는 취급하지 않네만."

"아닙니다. 그냥 평범한 망토면 됩니다. 온몸을 가릴 수 있는 것으로요."

"알겠네. 그거라면 이게 어떤가?"

상점 주인은 내 앞에 검붉은 색의 잘 개켜진 천을 내밀었다. 나는 그것을 펼쳐 어깨에 걸쳤다. 등을 한 바퀴 휘감고 남아 몸 앞까지 충분히 감출 수 있었다. 망토 끝이 간신히 정강이 언저리에 닿았다.

"마음에 드네요. 얼마죠?"

"1로스만 주게나. 자네고 하니까 특별히 깎아주는 걸세."

사이가 좋으면 물건을 더 싸게 주고 살 수 있는 특전이 있었다. 3번가 상점 거리와는 팩션이 좋은 편이었다.

"감사합니다."

돈을 지불한 후 나는 상점 거리를 한 바퀴 돌아본 후 롬로스 시가지로 빠져나왔다.

이제부터 무얼 한다?

나는 내 스테이터스 창과 장비 창, 퀘스트 창까지 눈앞에 열어두고 해야 할 일을 떠올려 보았다.

일단은 전직을 해야겠다는 생각이 떠올랐다. 직업 레벨이 99의 99.99퍼센트에 멈춰 있는 걸로 보아 더 이상 오르지는 않을 듯싶었다. 전직을 하기에 충분하다는 뜻이다. 하지만 도대체 어디로 가서 어떻게 전직을 해야 할지는 알 수가 없었다.

문득, 델즈 성에서 만났던 도를 아십니까 삼인방이 떠올랐다. 나를 카르마 유저로 전직시킨 후 세상을 등지고 산속에 숨겠다고 말했다. 그 말이 아무래도 힌트인 듯싶었기에 나는 델즈 성으로 떠나리라 마음을 먹었다. 무작정 근처 산을 뒤지는 지루한 작업이 되겠지만.

하지만 그냥 평야를 가로질러 뛰어가는 게 시간 낭비라 느껴지기도 했다. 이곳에서 델즈라면 줄곧 달리기만 해도 한 달은 족히 걸릴 거리였다. 물론 샹그릴라 시간으로. 현실 시간이라면 이틀거리이다.

나는 곧바로 용병 모집 글이 적혀 있는 도시의 광장으로 향했다.

더 이상 산속에 틀어박혀 스킬 업이나 레벨 업을 하는 짓은 사양할 테다.

이제야말로 진짜 샹그릴라의 생활을 시작하는 기분이 들었다.

CHAPTER 16

넬티아

1

"저기요……."

"예?"

"저, 말씀 좀 물어도 될까요?"

용병 모집 글을 찾아 광장으로 가던 나는 한 여자의 목소리에 걸음을 멈추었다. 키가 160쯤 되려나? 짧은 머리칼을 양 갈래로 묶어 올린 그녀는 평민의 드레스를 걸친 채 나를 올려다보고 있었다.

"무슨 일이죠?"

"저 오늘 게임 시작한 사람인데요, 뭘 어떻게 해야 할지…

전혀 모르겠어요."

"그냥 이 사람 저 사람한테 말을 걸며 다니다 보면 감이 잡힐 거예요."

"아, 그렇군요."

내 대답에 그녀는 조금 풀 죽은 표정을 했다. 생각해 보니 지금 시간이 새벽 세 시쯤이다. 지금 시작했다고는 하지만, 밤 열두 시에 게임을 시작했어도 이곳 시간으로 6일은 지난 셈이다. 그런데도 여전히 이런 것을 묻고 다닐 정도면 어지간히도 게임에 소질이 없거나, 그동안 만났던 사람들이 하나같이 불친절한 인물들인 모양이다.

"혹시 신전은 가보셨어요?"

내 물음에 그녀가 힘없이 고개를 끄덕인다.

"네. 저 밖에서 늑대한테 세 번 죽었거든요."

그녀가 손가락질한 곳은 성문 쪽이었다.

"하하, 처음부터 혼자 전투를 하는 건 좀 힘들 거예요."

"아, 그럼 뭘 해야 하죠?"

"일단 동료를 찾아봐야죠. 같이할 사람이요. 아니면 몬스터들과 싸우지 않아도 되는 퀘를 하고요. 스테이터스는 어느 정도까지는 마을의 수련 인형을 쳐도 오르니까요. 지금 몇 렙이시죠?"

"1레벨이에요."

"그럼 굳이 수련 인형은 때리지 않아도 되겠네요. 그거로는 능력치를 1까지밖에 못 올리니까요."

"그렇구나."

그녀는 고개를 살짝 숙였다. 지금까지 게임을 하며 꽤나 주눅 들 일을 많이 겪은 모양이다.

하긴 원래 MMORPG가 처음 게임을 시작하는 사람에게는 조금 불친절한 편이긴 하다. 그렇다고 저렙 때 너무 쉽게 만들어놓으면 하는 재미가 떨어진다. 그 둘 사이의 밸런스가 초반의 재미를 결정한달까?

"저 좀 도와주시면 안 될까요?"

그녀가 다시 내게 말을 건넨다.

"그게……."

"바쁘신 거 알아요. 다들 자신이 할 일이 있다고 거절하셨으니까요. 잠깐이라도 괜찮으니까 처음에 어떻게 해야 할지만 가르쳐 주세요."

계속 내게 간청하는 그녀를 거절하기가 힘들었다. 게다가 어차피 만렙이었다. 특별히 사냥에 바쁠 일도 없었다. 현거래로 돈도 좀 벌었겠다, 나머지 시간은 느긋하게 즐겨보겠다는 마음이 들었다.

"알았어요. 저한테 파티 신청하세요."

"파티 신청이요?"

"시스템 메뉴 중에 커뮤니티가 있을 거예요. 그걸 눈으로 클릭하면 파티 초대가 있거든요. 그걸 눈으로 드래그해서 내게 옮기세요."

"아, 네. 했어요."

내 눈앞에 '????로부터 파티 초대 요청이 있습니다. 수락하시겠습니까?' 라는 문구가 떠올랐다. 그러고 보니 통성명도 아직 안 했다.

"제 이름은 한큐예요."

"아, 아, 저는 한미나예요. 캐릭터 이름은 넬티아구요."

"본명은 굳이 말씀 않으셔도 돼요. 가만, 처음에는 무슨 퀘스트가 좋으려나."

그녀가 내게 고개를 꾸벅 숙인다.

"고맙습니다."

"뭘요. 그럼 일단 이쪽으로 오세요. 간단한 전투 기술부터 가르쳐 드릴게요."

아무리 리얼 라이프를 표방하고 갖가지 생산직들이 활성화되어 있다곤 해도 아무런 전투 기술 없이 살아갈 만큼 녹록한 세계가 아니었다. 나는 넬티아에게 기술을 가르쳐 주리라 마음먹었다.

하지만 지금 내가 가진 기술들은 하나같이 무지막지한 카르마 소모를 통해 위력을 발휘하는 것들이었다. 1레벨 캐릭터가 배워봤자 쓰지도 못한다.

그래서 떠올린 것이 내가 익히고 있는 무술이었다. 붕권만
해도 위력이 꽤 괜찮은 편이었다.

그녀를 데리고 간 곳은 성안에 있는 수련장이었다. 나무로
만든 수련 인형들이 넓은 운동장에 오열을 맞춰 늘어서 있었
다.

"여기가 수련장이에요."

"아아! 이게 수련 인형이구나."

나는 우선 시스템 창을 열어 환경 설정의 기술 부분으로 들
어갔다. 지금까지 내가 반복적으로 취했던 동작들이 '플레이
어 오리지널 스킬화 금지'라는 이름으로 쌓여 있었다. 나는
그중 지금 그녀에게 가르쳐 줄 기술들을 골라 제거했다.

"잠시만 기다리세요."

나는 그녀에게 양해를 구한 후, 앞에 있는 수련 인형 하나
를 활성화시켰다. 레벨은 100. 체력이 무려 4만에, 나머지 능
력치도 100레벨에 맞게 맞춰져 있었다.

목각 수련 인형이 움직이기 시작했다. 욜 숲에서 사용했던
것과 생김새는 대동소이하다. 다만, 100레벨에 맞게 동작에
서 방어력까지 차원이 달랐다.

하지만 100레벨인 건 나도 마찬가지였다. 가끔 한두 대쯤
스쳤지만 입는 데미지는 두 자리를 넘기지 못했다.

나는 나무 인형의 공격을 능숙하게 피해내며 몇 가지 무술 동작을 반복했다. 그중 공격배율이 높은 몇 가지를 플레이어 오리지널 스킬화시켰다.

이 정도면 됐다 싶은 생각에 나는 곧바로 공격을 바꿨다. 청구연환삼식의 좌우일승 공격이 작렬한다. 엄청난 굉음과 함께 나무 인형이 그대로 자리에 주저앉았다. 전투 로그 창을 살피니 크리티컬 포함해 2만 넘는 데미지가 한 번에 들어갔다. 아무리 내 캐릭터지만 진짜 사기다.

곧바로 나무 인형이 동작을 멈추며 원래의 자리로 돌아간다.

"도대체 어떻게 하는 거예요?"

전투를 끝내고 넬티아 곁으로 돌아가자 그녀는 눈이 휘둥그레져서 나를 쳐다보았다.

"움직이는 게 제대로 보이지도 않았어요."

"아, 그건 레벨을 올려서 민첩성 스탯이 높아지면 움직임이 조금씩 빨라져요. 넬티아님도 나중에 그렇게 될 테니 너무 놀라지 마세요."

"아아, 그렇구나!"

넬티아의 눈이 반짝거린다. 신기하다는 감정이 눈에 그대로 묻어 나왔다.

"제가 스킬 몇 개 가르쳐 드릴게요. 일단 스킬 전수 창이

뜨면 수락하시고요."

"아, 아, 네."

멍하니 나를 보던 넬티아가 놀라 고개를 끄덕거린다.

"스킬 전수 다 됐어요. 그런데 전부 물음표로 되어 있는데요?"

"아직 활성화가 안 돼서 그래요. 이제 제가 하는 몸동작을 흉내 내보세요."

나는 그녀에게 오행권의 다섯 동작을 가르쳐 주었다.

"이렇게 하면 되나요?"

"아, 네. 배우는 게 빠르네요. 혹시 현실에서 무술 같은 거 배운 적 있어요?"

넬티아는 내 물음에 고개를 저었다.

"아니요."

"그런 것치고는 감각이 좋으시네요. 그럼 이제 스킬을 쓰는 방법을 가르쳐 드릴게요. 아마 지금 스킬들 전부 이름이 나와 있을 거예요."

"네. 붕권, 찬권, 벽권, 횡권, 충권 이렇게 다섯 개예요."

"그게 오행권이에요. 형의권의 기본 권법이죠."

"그렇구나."

넬티아가 고개를 끄덕인다. 나는 다시 설명을 이어갔다.

"아까 가르쳐 줬던 동작을 취하면서 스킬을 머릿속으로 떠올리면 저절로 몸이 그 동작을 따라갈 거예요. 그 느낌을 거부하지 말고 받아들이면 자연스럽게 스킬이 시전돼요."

비록 카르마를 섞어 하는 것은 못하겠지만, 그게 아니더라도 어디 가서 떨어지는 기술은 아니었다.

"그럼 나를 한번 쳐보세요."

"네?"

"괜찮으니까 해봐요."

내 말에 넬티아가 어설프게 삼체식의 동작을 취하며 주먹을 내질렀다. 나는 어깨로 그녀의 공격을 그대로 받아들였다. 거의 통증이 느껴지지 않았다.

곧바로 전투 로그 창을 살펴보았다.

넬티아님으로부터 붕권 공격을 받았습니다. 1데미지를 입었습니다.

제대로 기술명이 표시되었다. 스킬을 사용하는 데 성공한 것이다.

"와, 이거 진짜 신기해요! 무슨 레일 같은 것에 몸을 실어놓은 것처럼 저절로 몸이 움직여요."

나도 스킬을 처음 쓰기 시작한 건 오픈 베타가 시작된 후였다. 1레벨인 그녀가 놀라는 것도 당연한 일이었다.

"그게 샹그릴라의 스킬이에요. 스킬은 언제든지 지울 수 있으니까, 나중에 좋은 스킬을 손에 넣게 되면 제가 가르쳐 준 건 삭제하시면 돼요."

내 말에 넬티아가 도리질을 친다.

"싫어요. 계속 가지고 있을래요. 샹그릴라에 와서 열흘 만에 처음으로 제게 친절하게 대해준 사람이 가르쳐 준 기술이잖아요."

그녀의 말에 나는 얼굴이 화끈거렸다. 실제로는 남자인지 여자인지도 모를 사람이지만—한미나라는 이름으로 봐서는 여자일 가능성이 높았지만, 그게 또 낚시일지도 모르니—어여쁜 여자가 이런 식으로 말을 하니 쑥스러웠다.

"아무튼 몬스터의 공격을 피하면서 스킬로 공격해 나가면 돼요. 처음에 피하기 어려우면 그냥 공격 스킬만 줄곧 써요. 그게 나을 수도 있으니."

"네, 알았어요."

"그럼 목각 인형을 한번 깨워보세요. 나무 인형 앞에 서서 내민 손에 손을 올려놓으면 돼요."

엘프들의 언어로만 움직이는 욜 숲의 수련 인형과는 달리 롬로스의 것에는 특별한 구동어가 필요없었다.

내 말에 고개를 끄덕이며 넬티아가 목각 수련 인형 하나를 깨웠다.

목각 인형은 욜 숲이나 이곳이나 패턴이 단순한 편이었다.

두 팔을 뻗어 공격하거나 끌어안고, 또다시 한 팔을 휘두르고 그러한 유의 공격들이었다.

넬티아는 눈이 빠르고 몸도 날랜 편이었다. 무술을 한 건 아니라고 했지만 운동신경이 뛰어났다.

재빠르게 몸을 피하며 주먹을 내지른다. 내가 오리지널 스킬화 시킨 동작이었기에 투로가 거의 완벽했다.

퍽퍽—

몇 대 얻어맞더니 목각 인형이 다시 원래의 자리로 돌아갔다.

"와우!"

싸움이 끝나자마자 넬티아가 주먹을 들어 올리며 환호성을 냈다.

"이거 진짜 끝내주는데요? 이 스킬들 정말 세요."

"저렙 때는 쓸 만할 거예요. 저도 전에 클베할 때 그 스킬만으로 렙업 꽤 했으니까요."

넬티아가 고개를 끄덕거린다.

"지금까지는 늑대 같은 거 만나면 어떻게 해야 할지 감도 못 잡았는데, 이 스킬들 있으면 싸워볼 만할 거 같아요."

내가 웃으며 말했다.

"하하, 그럼 정말 싸우러 가볼까요?"

"넵!"

나는 넬티아를 데리고 성 밖으로 향했다. 롬로스 성의 주변은 내가 클로즈 베타 저렙 때 지내던 곳이라 지리에 익숙했다.

가장 먼저 남문 밖의 작은 숲으로 그녀를 안내했다. 동문보다 레벨이 한둘 정도 낮은 초보 중의 초보들을 위한 장소였다.

귀여운 늑대들이 한가롭게 토끼를 뜯고 있다. 문득 욜 숲에 두고 온 바둑이가 떠올랐다. 나중에 델즈에 가게 되면 욜 숲도 한번 들러봐야겠다.

늑대가 넬티아를 보자 으르렁거린다. 나랑은 눈도 마주치지 않던 게 저렙이라고 만만한가 보다. 넬티아는 늑대의 이빨에 조금 겁을 먹은 듯 보였다.

"쫄지 마요. 위험하면 내가 도와줄 테니까."

넬티아는 고개를 끄덕거리며 늑대에게 덤벼들었다. 내가 알기로 저 늑대는 2렙이나 3렙이었다. 1렙의 목각 인형보다는 강한 게 당연하다. 넬티아는 한참 동안이나 늑대와 엎치락 뒤치락하다가 간신히 사냥을 성공했다.

쓰러진 늑대를 보며 넬티아는 헉헉 거친 숨을 내쉬었다. 체력이 반쯤 닳아 있는 게 내 눈에 보였다.

"드디어 잡았어요!"

손으로 브이 자를 그리며 내게 자랑스럽게 말한다.

"축하해요. 하하, 이제는 별 무리 없이 사냥할 수 있을 거예요. 일단 체력이 많이 줄었으니까 여기 앉아서 채워요."

넬티아가 고개를 끄덕이며 내 앞 풀밭에 털썩 주저앉았다. 나도 그녀의 건너편에 자리를 잡았다.

"이제야 샹그릴라가 왜 인기있는지 알 거 같아요. 계속 마을에서만 헤매다 그만둘까 하는 생각을 하고 있었는데… 한큐님 덕분에 좋은 스킬도 익히고."

"뭘요. 제가 가르쳐 준 거야 공식 홈페이지의 게임 설명에도 다 나와 있는 건데요."

"아, 그걸 봤으면 되는구나. 헤헤, 제가 좀 매뉴얼 같은 걸 안 읽는 타입이거든요. 일단 하고 본다랄까?"

"그런 사람들 있죠. 사실 저도 그러긴 해요. 전에 했던 게임에서도 매뉴얼 안 보고 했다가 한참 동안 스킬도 하나도 안 찍고 그랬다죠."

"헤헤헤."

웃음소리가 꽤나 발랄했다. 생긴 거야 게임이니 그렇다 치고, 목소리는 어딘지 조금 낯익은 구석이 있었다. 아는 사람의 목소리는 확실히 아니었지만.

하긴 내가 사람 목소리를 그렇게 잘 구분하는 사람도 아니고.

그때, 조금 떨어진 곳에서 발걸음 소리가 어지럽게 들려왔다. 사람의 것은 아니고 늑대 발자국 소리였다. 컹컹, 으르렁 하는 울음소리도 연달아 들렸다.

나는 고개를 돌려 소리가 들려온 쪽을 바라보았다. 장비를 제법 갖춰 입은 남자 하나가 늑대 열 마리 정도를 끌고 돌아다니고 있었다. 나는 그 모습에 눈살을 찌푸렸다.

"저게 뭐예요? 왜 저렇게 많은 늑대에게 쫓기고 있는 거죠?"

넬티아가 묻는다. 나는 금세 그 남자가 무얼 하는지 알 수 있었다. 그 남자 곁에는 평민의 복장을 한 사람 둘이 더 있었다. 고렙과 파티를 맺고 빠른 속도로 렙업을 하는 중일 게다.

"하여간 매너하고는."

나의 투덜대는 말투에 넬티아가 고개를 갸웃한다.

"뭔데 그러죠? 위험한 것 아니에요? 가서 도와줘야 하지 않아요?"

"아뇨. 저 남자 레벨 꽤 높을 거예요. 저런 식으로 몬스터를 몰아서 주의를 끄는 사이에 저렙들이 몬스터를 잡는 거예요. 빨리 렙업을 하기 위해서 주변의 몹을 싹쓸이하는 거죠."

"아아! 그렇구나."

뭐, 따지고 보면 얼마 전에 내가 매영 누나에게 해줬던 것과 비슷한 짓이다. 하지만 나는 사람이 없는 곳에서 했다.

늑대를 잔뜩 끌고 가던 남자가 우리 두 사람이 쉬는 곳 근처를 스쳐 지나갔다. 그 순간, 늑대 중 두 마리가 쉬고 있던 넬티아의 등을 덮쳤다. 1렙 캐릭터라 늑대의 주의를 끈 모양이었다.

"아야얏! 뭐야!"

넬티아가 놀라 외친다. 워낙 피가 적게 남아 있었고, 끌고 온 늑대들의 렙이 제법 됐는지 내가 채 손을 쓰기도 전에 넬티아가 주검이 되어 쓰러졌다.

"아, 나……."

나는 기분이 팍 상했다. 잠시 도와주기 위해서라지만 어쨌거나 파티원이 죽임을 당한 것이다.

"아, 왜 거기 서 있어요? 몹 모는 거 안 보여요?"

늑대를 끌고 가던 고렙이 되레 큰소리를 친다.

"뭐요? 아, 진짜 매너 개 같네."

내 말에 늑대의 공격을 받으며 저렙을 도와주던 그가 눈살을 찌푸렸다.

"님, 말 참 싸가지있게 하시네요?"

"그쪽도 참 싸가지 풍부고요? 네?"

분위기가 순식간에 훈훈해진다. 도움을 받던 저렙들이 늑대를 처리하며 끼어들었다.

"님, 방해 말아요. 돈 주고 고용한 고렙님이세요."

"그러게요. 한 시간에 3로스나 주고 고용했어요. 시간 아까워요."

나는 저렙들을 돌아보았다.

"돈을 써서 렙업을 하든 말든 신경 안 쓰는데 좀 매너있게 플레이하죠?"

저렙이 되레 따지고 든다.

"내가 어떻게 하든 무슨 상관이에요? 무슨 버그 플레이를 하는 것도 아니고. 필드에서 멍하니 있던 게 잘못이지. 나 참."

"아, 진짜 이것들이!"

말하는 것마다 성질을 건드린다. 그때, 신전에서 부활한 넬티아가 다시 이곳으로 돌아왔다. 그녀를 마중하며 나는 다시 그 자식들에게 한마디 했다.

"다른 캐릭터를 죽게 했으면 미안하다는 말 한마디는 하지 그래?"

"왜 반말이냐?"

고렙 캐릭터가 곧바로 내 말에 대꾸했다.

"매너 개 같은 새끼들한테 무슨 존댓말이야?"

"아, 진짜 열 받네. 님들, 잠깐만 이놈부터 처리하고요."

고렙이 갑자기 늑대들을 후려친다. 한 방에 서너 마리씩 늑대가 죽어 자빠졌다. 도움을 받던 저렙들이 고개를 끄덕였다.

"알겠어요. 우리도 짜증나던 참이에요."

고렙 캐릭터는 나를 노려보았다. 그 순간 내 앞에 창이 하나 떠올랐다.

????님이 당신에게 결투를 신청했습니다. 무한정 룰의 전투입니다. 한쪽이 패배를 인정할 때까지 결투가 끝나지 않습니다.

처음 보는 설명 창이었다. 하지만 그게 무언지는 알 수 있었다.

곧바로 수락을 눌렀다. 눈앞 가득 카운트다운이 시작되었다. 3, 2, 1. 3초의 준비 시간이 지나고, 상대가 나에게 검을 휘둘러 왔다.

나는 몸을 슬쩍 돌려 상대의 검을 피했다.

"덤벼! 나 58렙이야!"

그의 외치는 말에 나는 코웃음을 쳤다. 어쩌라고?

인중을 노리고 주먹을 뻗었다. 청구연환삼식이었다.

파악—!

호쾌한 폭발음이 들리고, 나는 곧바로 가슴팍 가운데로 주먹을 떨어뜨렸다.

청구연환삼식은 모두 세 번의 공격으로 이루어져 있다. 권, 구수(拘手), 장(掌). 모든 공격이 상대의 몸에 적중하는 모습이

호쾌한 이펙트와 함께 눈에 들어왔다.

"이, 이게 뭐야!"

나에게 덤벼들었던 녀석이 버럭 소리를 질렀다. 모르긴 해도 이 공격 한 번으로 피통 절반은 날아갔을 거다. 길게 끌 생각은 없었다. 좌우일승대법을 활성화시키며 동시에 청구연환 삼식을 다시 한 번 날렸다.

"말도 안……."

외치던 목소리가 끊어진다. 아마 기술이 다 들어가기도 전에 죽은 듯했다. 상대의 체력이 총 얼마나 되나 궁금해 전투 로그 창을 열어보았다. 첫 공격에 4천 정도, 두 번째 공격에 6천의 데미지가 들어갔다. 1만이 조금 못 되는 모양이었다.

반면 입은 데미지는 55 정도의 스킬 하나뿐이었다. 맞았다는 감각도 없었는데 아무래도 플레이어 대 플레이어의 전투는 판정이 조금 다른 모양이다.

58레벨짜리가 100레벨의 나를 공격해서 데미지를 입히는 것부터가 샹그릴라 시스템상에서는 불가능한 일이다.

다시 내 눈앞에 카운트다운이 시작되었다. 아무래도 무한정 룰인가 하는 것 때문에 연속으로 전투가 일어나는 모양이었다. 체력 바가 100퍼센트로 돌아온 상대는 일그러진 표정으로 나를 쳐다보았다. 뭐, 그럼 어쩔 건가?

좌우일승대법, 청구연환삼식, 그리고 다시 청구연환삼식.

또 한 번 바닥에 쓰러졌다가 5초쯤 후에 벌떡 몸을 일으켰다.

고렙 캐릭터를 등에 업고 큰소리를 치던 두 저렙들이 겁을 집어먹었다. 58렙짜리 캐릭이 10초도 안 되어 죽어 넘어가는데 쫄지 않는 게 더 이상한 거다.

그렇게 세 번쯤 더 죽이고 나자 더 이상 카운트다운이 나오지 않았다.

"졌습니다. 그만 해요!"

그가 패배를 인정하자 그제야 상대가 타깃에서 사라지게 되었다. 그리고 동시에 내 앞에 커다랗게 문자가 떠올랐다.

'알프레도'가 패배를 시인하고 꼴사납게 목숨을 구걸합니다. 롬로스의 신민 모두가 그 소식을 전해 듣고 비웃음을 흘립니다.

결투에서 패배한다고 해서 경험치를 잃는다거나 장비를 떨어뜨리는 일은 없었다. 대신 나오는 문구로 봐서는 명성치가 깎이는 듯했다. 플레이어들에게도 웃음거리가 된다.

알프레도라고 이름이 나온 상대는 죽상이 되었다.

"도대체 정체가 뭐야?"

"알아서 뭐 하게?"

"그……."

알프레도는 더 이상 말을 잇지 못했다. 그대로 몸을 돌려 저렙들을 이끌고 먼 곳으로 떠나갔다.

창피도 줬겠다, 기분도 좀 풀린 나는 몸을 돌려 넬티아를 보았다. 나와 알프레도의 싸움을 지켜보던 그녀가 싱긋 웃는다.

"그것참 고소하네요. 헤헤."

"하하하!"

"그런데 한큐님은 몇 레벨이세요? 저 사람, 58레벨이라 그랬는데… 상대도 안 되네요?"

"아, 뭐, 샹그릴라야 레벨보다 센스가 더 중요하니까요."

굳이 사실을 밝힐 필요가 없었기에 나는 적당히 얼버무렸다.

"그렇구나. 아무튼 진짜 대단해요. 와와, 나 대단한 사람한테 도움받고 있는 거구나!"

호들갑스런 그녀의 말에 오히려 내가 부끄러워지기 시작했다.

"자자, 그럼 다시 레벨 업을 시작해요. 저랑 같이 파티를 하고 있으면 괜히 경험치만 뺏기게 되니까 일단 파티는 잠시 끊도록 해요."

"네, 넷, 선생님!"

"그만 해요. 창피하게스리."

"헤헷."

그 후로 샹그릴라의 시간으로 며칠 동안 나는 넬티아와 함께 초보 존에 머물러 있었다. 대충 첫 부분만 가르쳐 주고 떠나려 했는데 이야기를 나누고 하다 보니 넬티아가 2레벨 중반에 이를 때까지 함께 있었다.

"아아! 정말 샹그릴라 세계는 멋진 것 같아요."

체력을 채울 겸 쉬는 동안 넬티아가 말을 걸어왔다.

"맞아요."

"이런 세계에 적응할 수 있게 도와줘서 정말 고마워요. 아참, 현실에서 이름은 뭐예요?"

"네? 아… 한규예요. 성한규."

"성한규. 저는 아까도 말했지만 한미나예요."

"네, 기억하고 있어요."

넬티아가 다시 묻는다.

"몇 살이세요?"

"저요? 열아홉이요. 이제 곧 고 3이 되죠."

"그렇구나. 저는 얼마 전에 열일곱 살이 됐어요."

"고 1인가요?"

"네. 서울 사세요?"

그녀의 물음에 나는 고개를 저었다.

"아뇨. 안양 살아요."

"저도 거기 몇 번 가봤어요."

"길에서 마주쳤을지도 모르겠네요. 하하."

"그러게요."

넬티아는 이야기를 하며 나를 계속 응시했다. 그런 식으로 시선을 받는 것에 익숙하지 않았기에 나는 주변을 살피고 있었다.

"저… 내일도 혹시 샹그릴라 하실 건가요?"

"별일없으면 할 거예요."

"내일도 같이할 수 있을까요?"

넬티아가 묻는 말에 나는 잠시 고민에 빠졌다. 이야기도 잘 통하고 같이 플레이하는 게 재미있기도 했다. 하지만 일단은 해야 할 일이 있었다.

"죄송한데 그건 힘들 것 같아요. 해야 할 게 있거든요."

넬티아가 실망하는 표정으로 탄성을 낸다.

"아……."

"대신, 할 일을 마치고 나면 또 한 번 다시 만나서 같이해요. 그전까지 렙업 열심히 해두세요. 친구로 등록해 두면 적어도 접속했는지 아닌지는 알 수 있잖아요."

나는 말을 하며 커뮤니티 목록을 열어보았다. 유리한과 문블레이드의 이름이 금색으로 활성화되어 있는 모습이 눈에 들어왔다.

친구 등록은 다른 진영이라 할지라도 가능했다. 하지만 다른 게임과는 달리 귓속말을 걸거나 할 수는 없었다. 사실 수백, 수천 킬로미터 떨어진 곳에 있는 사람과 아무런 제약 없이 대화를 한다는 것 자체가 말이 안 된다.

나는 넬티아를 친구로 등록했다. 넬티아가 수락을 했는지 친구 리스트에 그녀의 이름이 추가되었다.

"친구로 등록해도 말을 걸거나 할 수는 없지 않나요?"

넬티아의 물음에 나는 고개를 끄덕였다. 그녀가 다시 말한다.

"또 어려운 일이 있으면 어떻게 하죠?"

"홈페이지 같은 데를 찾아보세요. 아니면 아까 가르쳐 드린 대로 도서실을 뒤져 보거나요."

"하지만… 그런 건 익숙하지를 않아서."

"금방 익숙해질 거예요."

내 말에 잠시 머뭇거리던 넬티아가 다시 입을 열었다.

"핸드폰을 연결해 두면 현실 세계와 연락이 가능하죠?"

"그렇죠. 뭐, 다들 한밤중에 게임을 즐기니 그렇게 귀찮은 방법을 쓰는 사람은 거의 없지만… 직장인들은 다들 핸드폰을 연결해 둔 채 게임을 즐긴다고 하더라고요."

넬티아가 고개를 끄덕거리며 말한다.

"쪽지 같은 걸 받으면 게임 안에서 확인할 수 있다고 들었어요."

"하하, 매뉴얼은 읽지 않았다면서 그런 건 용케도 알고 있네요."

"그, 그건……."

넬티아가 나를 가만히 바라보다가 다시 입을 뗀다.

"핸드폰 번호 가르쳐 주세요."

"네? 아……."

나는 잠시 망설였다. 게임 안의 관계가 게임 밖으로까지 연결되는 게 조금 마음에 걸렸다. 하지만 고민은 그리 길지 않았다. 귀찮게 굴면 뭐 수신거부하면 그만이니까.

"알았어요. 제 번호는 010—9%#4—9234예요."

잠시 행동을 멈추고 있던 넬티아가 다시 입을 연다.

"등록해 놨어요. 쪽지 하나 보낼게요. 확인해 보세요."

다시 넬티아가 멈춘다. 오래잖아 내 눈앞에 메시지가 도착했음을 알리는 아이콘이 떠올랐다. 눈으로 클릭을 하니 오래된 양피지 질감의 바탕에 문자가 적혀 있었다.

―한미나예요~ 앞으로도 자주자주 같이 놀아요~^^

나는 게임 안에서 핸드폰을 조작해 그녀의 이름을 저장했다.

"그럼 전 가봐야 할 것 같아요. 내일 게임에 접속하면 다시 연락할게요."

"아, 그래요. 그럼 잘 가세요."

"오늘 고마웠어요. 게임 안에서 며칠 동안 정말 많은 사람을 만났지만, 한큐님처럼 좋은 사람은 처음 봤어요."

"뭘요. 찾아보면 좋은 사람들 많아요. 내일도 좋은 사람 만나서 재미있게 노셨으면 하네요."

"넵. 그럼 나중에 봬요."

"네."

넬티아의 몸이 투명해지는 모습을 잠시 지켜보던 나는 빙긋 미소를 지었다. 역시 다른 사람과 인연을 맺을 수 있다는 게 온라인 게임의 장점이다. 동시에 문블레이드를 떠올렸다.

어차피 티아메트니 엘베로사니 하는 이상한 현상과의 관계도 일단락이 되었다. 단지 사냥을 하고, 2차 전직을 하는 정도라면 문블레이드와 떨어져 있을 필요가 없다.

이런 생각을 하며 나는 우선 렐즈 성으로의 걸음을 서둘렀다.

2

지금까지 한규가 살아오며 2월의 학교가 이렇게까지 긴장 감 넘치리라고는 상상해 본 적이 없었다. 개학 후 고작 2주짜 리의 짧은 학기였고, 어차피 배우는 과정이 시험에 나오는 것 도 아니었다. 하지만 이제 곧 고 3이라는 압박감이 교실 안을 가득 메우고 있었다.

쉬는 시간, 한규가 걸상에 몸을 기댄 채 천장을 바라보고 있었다.

"무슨 고민을 그렇게 하는 거야?"

라는 명철이의 질문에 한규는 한숨을 폭 내쉬었다.

"이제 곧 고 3이구나."

"그렇지."

"너는 아무 생각 없냐?"

한규의 물음에 명철이는 어깨를 으쓱한다.

"뭐, 그냥 그렇고 그런 대학에 가서 졸업하고 취직하겠 지?"

"그게 뭐냐, 꿈도 없이."

한규의 타박에 명철은 웃었다.

"괜찮아. 샹그릴라가 있으니까. 유리한은 3만 로스를 쥐락 펴락하는 거부니까. 매일매일의 거래로 수백 로스가 주머니 에 들어오거든."

"100로스… 해봤자 5만 원이잖아. 그걸로 먹고살겠냐? 하긴 게임만 해서 천 5백만 원을 가지고 있는 셈이니 적은 돈은 아니려나? 근데 1년치 대학 등록금도 안 되잖아. 별거 아닌가?"

오락가락하는 한규의 말에 명철이가 웃음을 터뜨린다.

"하핫, 고민이 많은 모양이구나."

"뭐, 사실 나는 고민없어. 고등학교 졸업하면 바로 취직할 거니까."

"아, 하긴……."

말꼬리를 흐리며 명철이 안경을 치켜 올린다.

문기 등장.

"요, 젊은이들."

"스물한 살짜리 고등학생 납셨네."

"아, 놔. 나이 이야기는 집어치워라."

한규의 말에 대꾸하며 문기는 한규의 책상에 턱하고 걸터앉았다.

"뭐 이리 무겁냐?"

"이제 고 3 아니냐. 그나저나 너는 좋겠다. 졸업하고 가업을 이어받으면 될 테니."

한규의 말에 문기가 쓰게 웃는다.

"어째 말에 가시가 있다?"

명철이가 한규를 대신해 말했다.

"졸업 후 진로 때문에 고민이 있나 봐요."

문기가 한규를 쳐다본다.

"뭘 걱정하냐. 우리 집 사장님한테 말하면 되는데. 너 하나 취직 못 시키겠냐?"

"아서라. 성철이 형이 가만 놔두겠냐? 그래 봬도 대한민국 경찰이신데."

"하하, 그러고 보니… 성철이 형 요새 위험한 거 아닌가 몰라?"

"음? 뭐가?"

한규가 자세를 고쳐 앉으며 문기를 올려다보았다. '고교생 문기'가 하는 말이라면 별거없지만, 태평기업의 막내아들이 하는 말은 무게가 달랐다.

"그냥, 여기저기 소문이 흉흉해. 히트맨들도 움직이는 거 같던데? 뭐 위험한 사건이라도 맡은 거 아냐?"

"히트맨?"

한규의 묻는 말에 문기가 손으로 칼을 만들어 한규의 배를 푹 하고 찔렀다. 청부 암살 같은 걸 일컫는 말인 듯했다.

"글쎄. 성철이 형은 여성청소년계 사람인데? 거기 기껏해야 동네 양아치 같은 애들이나 다룰 텐데. 제일 위험한 일 해 봤자 밤거리 단속 같은 거? 윤락 여성이나 이쪽도 관리하는 거 같으니까."

문기가 어깨를 으쓱한다.

"나도 정확히는 몰라. 어깨너머로 들은 얘기니까. 근데 그게 또 정보가 묘한 데서 맞물리고 있어서……."

"묘한 데?"

"엘아힘."

"또?"

한규는 눈살을 찌푸렸다. 문기의 입에서 벌써 몇 번이나 언급된 얘기다. 특허 기술을 가진 소규모 기업을 협박 따위의 더러운 수단으로 흡수 합병했다는 유의 루머들이었다.

"암살자라니……. 그거 엄청 위험한 거 아냐?"

듣고만 있던 명철이가 끼어들었다. 한규의 표정이 한층 일그러진다. 그 모습을 보며 문기가 안심하라는 듯 웃으며 말한다.

"설마 경찰을 정말 찌르기라도 하겠어? 그냥 겁이나 주겠다는 거겠지. 성철이 형이 그렇게 약골도 아니고."

한규는 문기의 말에도 불구하고 영 맘이 편치를 않았다.

"한번 만나러 가봐야겠네. 그나저나 성철이 형이 엘아힘 엔터테인먼트랑 연결될 일이 뭐가 있지?"

고개를 갸웃거리며 한규가 중얼거렸다. 문기도 아는 바 없다는 듯 어깨를 으쓱했다.

고민해 봤자 답이 나올 리 없었다. 직접 만나 이야기를 해

보기 전에는.

한규는 화제를 돌렸다.

"아참, 문기야, 너 몇 레벨이랬지?"

"나? 어제 60 달았는데, 왜?"

"아니, 이제 같이 놀자고."

문기가 조금 놀라는 표정을 지었다.

"갑자기 왜? 며칠 전만 해도 혼자 해야 할 게 있다며 계속 거절하더니."

"그게 일단 끝이 났거든."

"하여간······."

"쏘리. 제멋대로 굴어서 미안하다. 실은 말야."

한규가 목소리를 낮추며 문기와 명철이의 머리를 모았다.

"나 지금까지 켈드리안 산맥에 있었어."

"에엥?"

문기가 괴상한 소리를 내고, 명철이는 놀랐다는 듯 눈을 동그랗게 떴다.

"무슨 버그 같은 거에 걸렸었나 봐. 거기 떨어진 김에 스킬이나 익혀야지 해서 지금까지 스킬만 익히고 있었어. 어떻게 하다가 레벨도 좀 올리게 돼서 이제야 문기 너랑 같이 할 만한 캐릭터가 됐지."

"아아! 그래서 지금까지 같이 못한다고 했구나."

문기가 수긍이 간다는 듯 고개를 끄덕거린다.

"버그? 근데 왜 그냥 있었던 거야? GM을 부르지."

"나는 게임 밖에서 도움받는 거 별로 안 좋아해. 게다가 그래야 특이하게 크잖아. 나 무림혈비사 때도 나름 서버에서 유명했었어."

"맞다. 전부한큐 캐릭터 얘기는 전에도 들었어."

"아무튼 이제야 거기서 받았던 퀘도 다 끝났고, 다른 곳에도 갈 수 있게 되었으니까 같이 놀자."

문기가 대뜸 찬성을 한다.

"나야 좋지. 나 전직 퀘스트 시작했어. 블레이드 러너에서 이번에 페어블레이드로 전직할 거야. 용호결 덕분에 카르마는 차고 넘치니까."

명철이가 문기의 말에 와! 하는 탄성을 낸다.

"페어블레이드라면 대부분의 기술이 검기 계열이라는 캐릭터잖아요. 카르마 소모가 엄청나서 짧은 순간에 엄청난 공격력을 몰아친다고 하던데…… 문기 형, 카르마 얼마라고 했죠?"

"5만 넘었다."

"으어, 진짜 괴물이네요. 그 정도면 아무리 페어블레이드의 기술들이 카르마 소모가 크다고 해도 차고 넘치겠어요."

"당연하지. 지금 블레이드 러너의 스킬들을 쿨타임마다 써도 카르마가 오히려 찰 정도니까."

문기가 대화의 화살을 한규에게 돌렸다.

"그러고 보니 지금은 몇 렙이냐? 크리스마스 때 20레벨이
었다며?"

"응? 아, 나, 슬슬 50 찍어가."

한규는 레벨을 반으로 낮췄다.

"에엥? 두 달도 안 지났는데 30이 올랐다고? 미친 거 아
냐?"

"하하하, 얘기했잖아. 이상한 곳에 갇혀 있었다고. 요새 광
렙 좀 했지."

문기는 알 수 없다는 듯 머리를 도리질 쳤다.

"뭐, 그래도 50 정도면 나랑 같이 50렙 중반 존에서 놀면
되겠다. 그러는 게 레벨도 잘 오를 거야. 클래스는 뭐야? 2차
전직 했을 거 아냐."

다시 문기가 물어온다. 한규는 고개를 가로로 저으며 말했
다.

"2차 전직 안 했어."

"엥? 아직까지 왜?"

"얘기했잖아. 갇혀 있었다고."

"아차, 그렇지. 그래서 클래스가 뭔데?"

"카르마 유저."

한규의 말에 문기와 명철이가 고개를 갸우뚱했다. 처음 듣는 이름이었다. 명철이가 살짝 언성을 높여 말했다.

"히든이야?"

"쉿! 소문내기 싫어."

한규가 입술에 손가락을 가져다 대고 말하자, 명철이 머리를 끄덕거린다.

"히든 맞는 거 같아. 나 저 레벨 때부터 카르마가 좀 높았거든. 문기한테 카르마 높이는 방법을 가르쳐 준 게 나잖아. 나도 비슷한 방법으로 톡톡히 효과를 봤거든."

문기가 동감을 표한다.

"맞아. 1렙부터 그런 식으로 키웠으면 카르마가 진짜 차고 넘쳤을 거다."

"그러니까. 아무튼 그래서 생긴 클래스인데, 뭐, 클래스 스킬이라고 해봤자 기술의 카르마 소모량 좀 줄여주고, 속성 카르마를 공격에 추가할 수 있는 것 정도야."

명철이 눈을 반짝이며 말한다.

"그게 어디야! 그거야말로 고렙이 될수록 빛을 발하는 기술들이잖아. 아무튼 신기하다. 내 주변에 히든 클래스가 있었다니!"

곧바로 문기가 말했다.

"우씨, 나 2차 전직 안 해. 히든 클래스 찾아볼 거야."

"하하, 형도 참. 그게 찾는다고 찾아져요?"

"몰라. 함 해봐야지."

명철이가 웃는다.

"히히, 아무튼 다들 재미있게 하고 있나 보네요. 슬슬 서버 최고 렙이 70렙을 넘어섰다던데."

그의 말에 문기가 혀를 찼다.

"쯔쯔, 하여간 폐인 같은 놈들. 어쩨 점점 더 격차가 벌어지냐. 예전처럼 모두 다 여덟 시간씩 할 수 있을 때가 좋았다니까. 지금은 열여섯 시간씩 하는 애들이 있으니……."

"전에 인터넷 기사에서 봤는데, 외국에는 스무 시간까지 허용하는 곳도 있다더라고요. 미국 어느 도시라 그랬는데… 거기는 지방자치가 확실하잖아요. 주 법으로 스무 시간을 허용했다던가?"

명철의 대답에 문기는 허, 하는 소리를 냈다.

"황당하구만. 스무 시간을 게임하면 현실에 있는 건 겨우 네 시간이란 말이야? 밥 먹고 화장실 한 번 갔다 오면 또 게임 시작하겠네."

한규도 따라서 한숨을 내쉬었다.

"휴, 형이 바라던 게 그런 건 아닐 텐데."

"그러게나 말이다."

"왜요. 전 부러운데요. 조금 있으면 봄방학이니 저는 그때

확 달려보렵니다. 열여섯 시간 정액 두 주만 끊어야지."

한규가 명철이의 어깨에 턱하고 손을 얹었다.

"적당히 해라. 이제 고3이니라."

"히히, 고3이 되기 전에 마지막으로 달려야지."

"할 말 없다."

한규의 말에 명철이 손가락으로 브이 자를 만든다.

3

방과 후, 한규는 친구들과 헤어진 후 경찰서로 향하는 버스에 올라탔다. 성철이 형을 만나기 위해서였다. 며칠 전 내린 눈이 채 녹지 않아 버스가 기어가듯 움직이고 있었다.

아무리 친한 형이라지만 직장에 있는 사람을 불쑥 찾아가는 것은 아니라는 생각에 한규는 핸드폰을 꺼내 문자를 보냈다.

형, 나 지금 안양서 가는 중. 시간 있어?

곧바로 답장이 온다.

엉? 너 또 누구 팼냐?

—성철.

발끈하며 다시 답장을 썼다.

아냐. 형 보려고.

아아, 그래, 와라. 마침 점심시간이니까 밥이나 같이 먹자.

오케이.

핸드폰을 주머니에 넣으며 한규는 '내가 그렇게 사고를 많이 쳤나?' 하는 생각을 떠올려 보았다.
중학교에 다닐 때는,
부모님을 잃고 형 아래에서 자라던 그때에는 세상이 이유없이 미웠다. 하지만 반항기 같던 그 시절도 지나고 지금은 얌전히 지내고 있지 않은가?
이런저런 생각을 하는 사이 버스가 안양경찰서 근처의 정류장에 도착했다. 버스 카드를 서둘러 찍고 하차 벨을 눌렀다.

막 경찰서 안으로 걸음을 들이미는 순간 전화가 울렸다. 통화 버튼을 눌러보니 성철이 형이었다.

"너 어디냐?"

"응? 나 정문 앞."

"아아, 그래, 거기서 기다려라. 금방 가마. 어차피 먹는 거 나가서 먹지, 뭐."

"알았어."

한규는 전화기를 주머니에 넣고 정문 앞에 섰다. 정문 앞 초소의 전경이 그를 내려다본다. 하긴, 고등학생이 경찰서 앞에 서 있는 게 일상적인 풍경은 아니니까.

외투 차림의 성철이 형이 종종걸음으로 경찰서 밖으로 나오는 모습이 보였다. 전경의 경례에 손을 들어 답하며 성철은 한규와 함께 경찰서 뒤쪽의 식당가로 걸음을 옮겼다.

한식류 일체를 잡다하게 파는 가게에 들어서며 성철이 말했다.

"이 집 김치찌개가 아주 죽인다. 딱히 먹고 싶은 거 없으면 그거 먹어라."

"어? 응."

자리를 잡고 메뉴를 주문하고, 반찬의 세팅이 끝이 나고 나서야 두 사람은 대화를 시작할 수 있었다.

"그나저나 무슨 일이냐? 네가 먼저 나를 다 찾아오고."

"응? 아……."

"아참, 이번 달 생활비 들어갔지?"

"응. 늘 고마워, 형. 나중에 갚을게."

"됐어, 인마."

티슈로 코밑을 훑으며 성철은 한규의 얼굴을 살폈다.

"왜?"

한규가 묻는 말에 성철이는 고개를 저었다.

"아니. 밥은 잘 챙겨 먹고 다니나 싶어서 그래."

"걱정 말라니까, 애도 아닌데."

"그야 그렇지. 내년이면 졸업이니까. 야, 진짜 이만할 때부터 알고 지냈는데……."

"그야 형들이 고등학생일 때면 내가 예닐곱 살이었으니까."

"그러니까 말이다. 하여간 시간 참 빠르다니까."

성철이 말하며 먼 곳을 응시한다. 한규는 그 표정만으로도 그가 한상이를 떠올린다는 것을 알 수 있었다. 괜스레 우울해질 것 같아 화제를 전환했다.

"아참, 내가 왜 왔냐면… 형, 요새 뭐 해?"

"응? 그게 뭔 소리냐? 나 경찰 아니냐. 경찰질 하지 뭘 해?"

"그게 아니고, 문기가 그러는데, 형 요새 위험한 일 하는 거 아니냐 그러던데?"

성철이 눈살을 찌푸린다.

"무슨 소리를 하는지 당최 알 수가 없네. 뭐가 위험하다는 거야? 아니, 뭐, 경찰 일이야 일단 위험하긴 하지. 그러니까 위험수당이랍시고 보너스가 나오는 거 아니냐."

한규는 이야기를 하며 성철의 표정을 지켜보았다. 시치미를 떼고 있는 건지 진짜 모르는 건지 구분이 가질 않았다.

"형, 혹시 엘아힘 엔터테인먼트 뒷조사를 하고 있지는 않아?"

빙빙 돌려 말하는 대신 직구를 던졌다. 반응이 조금 온다.

"음? 문기가 그렇게 말했냐?"

"응."

"왜 문기가……."

"뒷골목 쪽의 히트맨인가 뭔가가 움직이고 있대."

성철이 한규의 말에 으음, 하며 신음을 삼켰다.

"역시 그렇게 나오나?"

"무슨 일인데 그래?"

문기의 정보가 맞는 모양이었다. 한규가 걱정스러운 눈빛으로 묻는다. 하지만 성철은 한규의 시선에 그저 웃을 뿐이었다.

"별거 아냐. 그쪽 관련으로 신고가 들어와서 조사하고 있는 거야. 너도 알잖아. 샹그릴라 그거 요즘 사회적으로 이런

저런 얘기가 많은 거."

"그야 그렇지만……."

"지금도 열심히 하는 중이냐? 언젠가 말했잖아. 샹그릴라
에서 버는 돈으로 용돈 마련한다고."

한규가 성철의 말에 고개를 끄덕거렸다.

"응, 계속 하고 있지. 며칠 전에 11만 원 벌었어."

"오, 괜찮네."

"뭐, 게임 시작하고 처음으로 번 돈이라 별거 아니라면 아
니지만……."

"인마, 네가 여름방학 내내 생고생해서 번 돈이 200 아니
냐? 그거 생각하면 적은 돈 아니지, 뭐."

"그건 그래. 놀면서 버는 거니까."

"그러니까 말이다. 나도 이참에 경찰 그만두고 그거나 할
까?"

성철의 말에 한규가 웃는다.

"그럴 생각도 없으면서, 뭐."

"하하, 그건 그래."

"아참, 나 얼마 전에 매영이 누나도 만났어. 샹그릴라에
서."

"아아, 나도 들었어. 취재 차 들어갔다가 만나서 잠깐 같이
놀았다던데."

"형도 그냥 같이하지그래? 매영이 누나랑 꿈속에서도 같이 놀 수 있잖아."

한규의 말에 성철이 정색을 한다.

"아서라. 현실에서도 얼마를 갖다 바치는데, 거기서까지 버는 돈 죄다 뺏기라고? 할 거면 혼자 몰래 할 거야."

"푸하핫, 그거 매영이 누나한테 일러도 돼?"

"인마, 너라도 형 편 들어줘야 할 거 아냐!"

"싫어. 매영이 누나가 더 무서운걸."

"크……."

이야기를 하는 사이 김치찌개가 대령했다. 숟가락으로 일단 뻘겋게 단 국물을 하나 가득 퍼 올렸다.

"시원하다. 어떠냐? 맛있지?"

"오, 괜찮은데?"

본래 차려진 밥상, 5분을 넘기지 않는 게 동방예의지국의 식사 예법이다. 순식간에 두 사람의 밥그릇이 텅텅 비었다.

"아무튼, 형."

"응?"

"너무 위험한 짓 하지 마."

"걱정 마라. 나는 정의의 용사가 아니라 7급 공무원이니라."

한규를 버스 정류장에 데려다 준 후 성철은 다시 자신의 사무실로 걸음을 옮겼다. 한규가 탄 버스가 저 멀리 떠나는 모습을 보며 성철이는 코끝이 찡해졌다. 늘 어린애인 줄 알았는데 제법 남 걱정도 할 줄 알고, 철이 든 모양이다.

감상적인 생각을 하며 경찰서로 들어서던 그때 전화가 한 통 걸려왔다.

"뭐야? 호열이냐?"

"계장님, 드디어 잡았답니다."

"응? 어, 진짜냐?"

"예, 충주경찰서에서 연락 왔어요. 이 자식, 충주호 낚시터 뗏목 집에 숨어 있었대요."

"알았어. 나 금방 돌아가니까 자리 지키고 있어."

"옙."

전화를 끊으며 성철이 서둘러 경찰서로 걸음을 옮겼다. 종종걸음도 답답하다는 듯 제법 속도를 내어 달렸다.

사이버 수사팀은 지금 최호열 혼자 자리를 지키고 있었다. 점심시간이었기에 다들 자리를 비운 것이다.

"여!"

"계장님."

인사를 하고는 곧바로 최호열의 책상으로 다가갔다. 호열은 한 장의 문서를 모니터에 띄워둔 채 성철이를 기다리고 있었다.

"이겁니다."

"음······."

성철이 눈으로 모니터의 문서를 훑었다.

강백찬, 32세, 남.

전 JK소프트 홍보팀 직원. 인수 합병 후 퇴사하여 그 후의 행적은 알려진 바 없음.

얼마 전 충주호 인근 낚시터 직원과 사소한 시비 끝에 상해 사건을 일으킴. 쌍방 피해 사건으로 가해자, 피해자 모두 상처 경미하여 불기소로 방면하였음.

문서에는 사진도 함께 첨부되어 있었다. 3:7로 깨끗하게 가르마 진 머리칼을 보아하니 주민등록 사진인 듯 보였다.

"이 녀석이냐?"

"예, 확실합니다. 성한상 씨가 사고를 당할 당시 곁에 있었던 사람입니다. 다들 회식 끝이라 잘 기억하지 못하고 있었지만, 몇 사람이 강백찬 이 사람을 지목하지 않았습니까?"

성철은 고개를 끄덕였다.

지금 성철이 조사하고 있는 것은 다름 아닌 한상이 당한 사고에 관한 것이었다. 본격적으로 파고든 것은 고작 보름 정도였지만, 그래도 제법 정보가 모였다.

이를테면 그날 한상이 인사불성까지 취한 건 아니라거나, 강백찬이라는 저 남자가 한상과 함께했다거나, 그리고 강백찬의 집이 안양 정반대쪽이라는 등등의 이야기였다.

더 수상한 건 강백찬의 소재였다. 인수 합병이 있던 그날, 그 사고 이후로 종적을 감추다시피 사라졌다. 샹그릴라팀의 부하 직원이었음에도 병원에 모습을 나타내지 않았다.

바보가 아닌 이상 뭔가 있다는 건 짐작할 수 있었다.

성철이 호열에게 나지막한 목소리로 말했다.

"이 자식, 수배 거는 건 무리겠지?"

"뭐로 겁니까?"

"뭐든지. 벌금 딱지 안 낸 게 있는지부터 찾아봐. 털어서 먼지 안 나오는 놈 없잖아. 여자관계랑 도박 쪽, 자금 흐름 같은 것도 알아볼 수 있는 데까지 조사해 보고."

호열이 고개를 끄덕거린다.

"돈, 그거 괜찮네요. 만약 우리가 상상하는 게 사실이라면 분명 거액이 움직였을 겁니다."

"좋아, 이제야 한걸음 뗐구만. 아무튼 또 뭐 나오는 대로 나한테 보고하고. 절대로 혼자 움직이지 마."

"걱정 마세요. 전 제때제때 봉급 나오고 연장 근무 적어서 이 일 하고 있는 겁니다."

"거야 뭐 나도 그렇다만."

"하하, 요즘 다 그렇죠."

"국가공무원이니까. 하지만, 지금 하고 있는 이 일은 분명 공무원이 할 일은 아니야. 알고 있지?"

묵직한 성철의 말에 호열이 고개를 끄덕인다.

"물론입니다."

성철이가 호열의 어깨를 툭 친다.

"잘 부탁한다."

"예, 맡겨주십쇼."

성철은 곧바로 자신의 사무실로 향했다. 눈 주위를 손가락으로 꾹 찍어 눌렀다. 독사니 전갈이니 하는 것들로 가득 찬 상자에 열쇠를 꽂은 듯한 기분이었다. 한상이에 관련된 일이다. 그 안에 뭐가 들었든 열어야 했다. 다만 능력이 되지 않을 것이 걱정일 뿐이었다.

"휴우, 어떻게든 되겠지. 매영이에게 전화나 해야겠다."

새로 알게 된 사실을 보고할 겸 성철은 전화기에 손을 얹었다.

4

"여! 한큐! 진짜 오래간만이다."

"문블레이드! 하하! 그러게."

나와 문기, 아니, 문블레이드가 만난 곳은 벨프라인이었다.

60렙에 이른 문블레이드는 벨프스 산맥 깊은 곳에서 레벨 업을 하던 중이었다.

벨프스 산맥은 그로얀 제국의 척추뼈 같이 돋아난 커다란 산맥이었다. 동쪽 끝은 욜 숲이었고, 남쪽으로는 그로얀을 가로지르는 도나브 강이 흐르고 있다. 산맥 북쪽은 황무지로 얼음의 땅이었는데, 최근 들어 플레이어들이 NPC와 손잡고 개척을 시도하는 중이라 한다.

벨프라인 성은 그런 벨프스 산맥의 남쪽 사면에 위치한 성으로, 롬로스에서 열흘 이상 달려야 도착할 수 있는 곳이었다.

"웬 망토냐? 이리 와봐. 장비 좀 보자."

문블레이가 대뜸 달려들어 옷을 벗기려 든다.

"어머, 이거 왜 이러세요? 과년한 처자가 남자의 옷을 벗기려 들다니."

"아, 미친. 우엑!"

문블레이드는 내 말에 토하는 모션을 취하고는 내 망토를 들춰 올렸다.

"워, 이거 뭐냐? 비까번쩍하네. 예전에는 상점제 둘둘 감고 있더니……. 나 장비 좀 보여줘 봐."

나는 사실 좀 자랑하고 싶은 마음도 있었기에 가슴 갑옷을 문기에게 보여주었다.

"어? 드래곤 하이드? 이런 옵션도 있냐? 처음 보는데."

"전에 누가 드래곤 잡았다며? 그 사람이 내다 판 건가 보지. 90로스나 주고 경매장에서 산 거야."

"오, 옵션 좋네. 내 갑옷보다 오히려 옵션이 더 좋은 거 같은데?"

그야 뭐, 드래곤 가죽 벗겨서 그걸로 만든 물건이니까.

"아무튼 이 누나 없이 잘 크고 있는 모습을 보니 뿌듯하구나."

"누나?"

"문블레이드는 여자니까."

"아, 뇌……."

이번에는 내가 토하는 포즈를 취했다.

한바탕 헛소리를 주고받은 우리는 벨프라인 성에 거처를 마련하기 위해 여관 쪽으로 향했다.

칼처럼 솟은 산을 배경으로 서 있는 벨프라인 성은 거대한 암석 틈에 성벽을 쌓아 만든 천연 요새와도 같은 느낌이었다. 푸른색과 흰색의 용이 그려진 깃발이 성벽을 장식하고, 근위병들도 하나같이 비슷한 색조의 장비를 착용했다.

산악도시답게 전반적으로 억센 분위기다. 나는 이곳이 초행이었지만, 문블레이드는 이미 익숙한 듯 골목을 돌고 돌아 여관 앞으로 나를 안내했다.

"손만 잡고 자는 거다."

여관 앞에 서서 문블레이드가 또 시답잖은 흉내를 낸다. 내가 맞받아쳤다.

"오빠 믿으라니까."

"아빠가 남자는 아빠 말고 다 늑대랬어."

"아빠랑 오빠 말고 다 늑대야."

우리 두 사람의 만담에 지나던 사람들이 웃음을 터뜨렸다. 이런 말을 알아듣는 걸 보니 플레이어인 모양이다.

"그만 하자."

얼굴이 벌게진 나를 보며 문기가 깔깔거렸다.

당분간 벨프스 산맥 근처에서 사냥을 할 생각이고 해서 우리는 여관에서 2인실을 빌렸다.

여관은 그래도 중간 등급쯤은 되는 모양이었다. 인테리어도 화려하고 방 안도 제법 널찍했다. 침대 두 개가 창문을 사이에 두고 놓여 있어, 빛살이 비춰드는 게 분위기 있었다.

방값은 한 주기에 20로스였다. 한 사람당 10로스인 셈이다.

문블레이드는 방 안에 들어오자마자 인벤토리를 정리했

다. 방을 얻어두었을 때 가장 좋은 점이 바로 이것이었다. 바로 팔기 애매한 아이템들을 보관할 수 있도록 여관 안에는 서랍장이 놓여 있었다.

"너는 장비 정리할 거 없냐?"

"응? 나 롬로스에서 왔잖아. 어지간한 거 다 팔아치웠지."

"아아, 그렇구나. 자, 그럼 사냥을 떠나볼까?"

"좋았스."

나는 망토를 펄럭이며 문블레이드와 함께 여관 밖으로 나섰다. 하지만 기세 좋던 우리의 걸음은 바로 여관 앞에서 멈추고 말았다.

여관 밖에는 경비병 스무 명가량이 반 포위 진형을 이루고 있었다. 창날을 세우고 있지는 않았지만, 워낙 굳은 얼굴들이기에 호의적인 건지 적대적인 건지 구분할 수가 없었다.

기사단장쯤으로 보이는, 풀아머를 갖춘 남자가 경비병들 앞으로 나섰다. 목표는 분명 우리였다. 내 앞에 서서는 경례를 올려붙인다.

"모험가들이여, 묻고 싶은 말이 있네."

문블레이드가 나를 쳐다본다. 나도 아는 바가 없기에 어깨를 으쓱했다.

"뭔데요?"

내 대답에 기사단장이 다시 말을 꺼낸다.

"우리 성의 마법사가 보고를 해왔네, 두 사람 중 하나가 나의 주인이신 벨프라인 공작의 선조와 인연이 있는 반지를 가지고 있다고. 부정한 의도를 가지고 있는 것이 아니라면 내게 말해줄 수 없겠나?"

그의 말을 듣는 순간 나는 갑자기 내 손에 낀 반지를 떠올렸다. 건틀릿을 벗었다. 중지에 끼워져 있던 반지가 은은한 푸른빛을 띠고 있었다.

"오오! 정말이군!"

"아, 음⋯⋯."

"모험가여, 그대는 이것을 어디에서 손에 넣었는가?"

"그게, 켈드리안 산맥에서 우연히 얻었습니다."

내 대답에 기사단장이 고개를 끄덕거린다.

"과연! 100년 전 반지를 낀 채 드래곤을 사냥하기 위해 떠났던 유타 공께서 잃어버린 반지가 확실한 듯하군."

나는 다시 문블레이드를 쳐다보았다. 문블레이드가 조그마한 목소리로 말한다.

"이거 뭔가 퀘스트 시작되나 본데?"

"그러게."

기사단장이 내 앞으로 한 걸음 더 다가선다.

"모험가여, 그 반지를 나에게 주지 않겠나? 나의 주인께서 이 반지를 받는다면 기뻐하실 걸세."

"저……."

나는 기사단장을 쳐다보았다. 그리 나쁜 사람 같지는 않았다. 하지만 대놓고 하대를 하는 게 조금 빈정이 상했다.

"내가 직접 가져다줄게요."

그냥 줘버려도 상관은 없었지만, 기사단장의 마음을 떠보려는 생각이 들었다. 하지만 기사단장은 그 걱정이 기우라고 이야기하려는 듯 흔쾌히 나의 청을 받아들였다.

"알겠네. 나와 함께 성으로 가세나. 하지만 자네가 공작 전하를 만날 수 있을지 없을지는 장담할 수 없네. 평민과 귀족 사이는 엄연히 거리가 있는 것이네."

"알았어요."

기사단의 호위를 받으며 나와 문블레이드는 벨프라인 성의 깊은 곳으로 걸음을 옮겼다.

"그러고 보니, 한큐, 그로얀의 고위 귀족들은 플레이어 NPC라 하지 않았나?"

"응? 아, 맞아. 고위 귀족이나 네임드 NPC들 중에는 플레이어 NPC의 비중이 높다고 했어."

"오, 나 플레이어 NPC 본 적 없어. 잘하면 이번에 처음 보겠다."

"어, 그러게."

뭐, 나야 플레이어 NPC를 몇 명 봤지만, 이야기하자면 엘베로사에 대한 것부터 꺼내놔야 했다. 이제 와서 이야기 못할 것은 없지만, 새삼 말하기가 어려웠다.

게다가 벌써 기사단의 호위를 받아 가고 있는 우리를 구경하는 사람이 꽤 모여들었다. 나와 문블레이드 사이의 대화가 그들 귀에 들어가 세상에 퍼져 나가는 것은 바라는 바가 아니었다.

"그나저나 무슨 퀘려나? 설마 그냥 보상으로 돈 좀 받고 마는 건 아니겠지? 재미없게스리."

"으음, 글쎄… 뭐, 가보면 알겠지."

나는 손에 끼워져 있는 벨프라인 공의 반지를 새삼스럽게 만지작거렸다. 고렙 존에서 나온 아이템이다. 뭔지 몰라도 보통 퀘스트는 아닐 듯싶었다.

나는 저 멀리 삐쭉 솟아 있는 벨프라인 본성을 올려다보았다.

CHAPTER 17

벨프라인 공작

1

"어서 오게. 내가 현 벨프라인 공작가의 주인인 희준 폰 벨
프라인이네."

은은한 음악이 흐르는 홀의 화려한 황금 의자에 한 남자가
앉아 있었다. 20대 중반쯤? 남자인지 여자인지 구분이 가지
않을 정도의 미모를 가진 그는 거만한 눈빛으로 나와 문블레
이드를 내려다보았다.

이름이 희준이란다. 플레이어 NPC답게 사람 냄새(?)가 물
씬 풍기는 이름이었다.

"그래, 우리 가문의 반지를 가지고 있다고?"

"아, 네."

나는 고개를 숙이며 그의 물음에 답했다. 주변에 서 있던 벨프라인 공작 가문의 가신들과 기사들이 수군거린다.

"오, 100년 이상이나 모습을 감추었던 반지가……."

"켈드리안 산맥으로 원정을 떠났던 유타 공께서 잃어버린 반지인데, 저 모험가는 그렇다면 켈드리안 산맥을 정복했다는 말인가?"

손을 들어 웅성거림을 멈추게 만들며 희준이 다시 말을 한다.

"자, 그럼 반지를 내게 주지 않겠나? 보수는 섭섭지 않게 주겠노라."

말과 동시에 희준이 손뼉을 딱 하고 쳤다. 시종으로 보이는 남자 둘이 자그마한 탁자를 들고 다가온다. 동전이 쌓여 있고, 서류도 같이 놓여 있는 것으로 보아 벨프라인 공작 희준이 말한 보수라는 게 바로 그것인 모양이었다.

퀘스트 창이 떠오른 게 바로 그때였다. 나는 퀘스트 창을 열어보았다.

Quest

[벨프라인 공작과 반지]

보상:300로스
벨프라인 성안에서의 면세권, 벨프라인 공작의 신용장

　면세권과 신용장이라는 처음 보는 아이템이 등장했다. 먼저 면세권을 살펴보았다. 말 그대로 벨프라인 성안에서는 세금 한 푼 내지 않고 지낼 수 있게 된다.

　보통 샹그릴라 세계에서는 물건을 거래하거나 기타 서비스들을 구입할 때 10퍼센트의 세금을 내게 된다. 그 세율은 영주가 마음대로 정할 수 있었다.

　물론 세금이 높으면 그만큼 교역이 둔화되고 사람들의 방문도 뜸해지게 된다.

　면세권은 그 세금을 전혀 내지 않아도 되는 권리였다.

　신용장은 일종의 팩션 아이템이었다. 소유하고 있는 것만으로 벨프라인 성안 각종 세력과의 관계가 친밀로 바뀌게 된다. 친밀은 '동족처럼 느낀다' 바로 아래의 사이로, 물건을 싸게 구입하는 등의 이익이 있다.

　사실 나쁘지 않은 조건이다. 그렇다기보다는 겨우 매직급 반지 하나 포기하고 얻는 거라 생각하면 굉장한 편이다. 나는 곧바로 퀘스트 수락을 하려 마음먹었다. 그때 문블레이드가 내 팔을 살짝 당겼다.

"흥정 좀 할까?"

문블레이드의 말에 나는 고개를 갸웃했다.

"상대는 컴퓨터가 아니라 사람이잖아. 게다가 네가 지금 가지고 있는 반지가 어떤 가치를 가지고 있는지도 모르고. 상대가 저 정도 보수를 선뜻 제시한 거 보면 보통 반지가 아닌가 본데?"

듣고 보니 그것도 그렇다. 나는 벨프라인 공작 희준을 보며 말했다.

"반지를 돌려 드리기 전에 이 반지가 어떤 것인지 알 수 있을까요?"

희준이 날카로운 눈빛으로 문블레이드를 노려본다. 하지만 그 정도 눈에 쫄아들 문블레이드가 아니었다.

"뭐, 좋다. 이야기 못할 것도 아니니. 벨프라인의 반지는 말 그대로 벨프라인 공작을 상징하는 신물(信物)이다. 반지를 가지고 있어야만 진정한 벨프라인의 공작이라 할 수 있지. 하지만 네가 지금 반지를 가지고 있다고 해서 벨프라인 공작이 될 수 있는 것은 아니다. 그것이 사라진 지 벌써 100년이 지났고, 당대의 인물도 모두 천수를 다해 죽은 지금 벨프라인 공작가의 이름은 가문의 회의를 통해 잇고 있다."

"그렇다면 지금 이 반지는 가치가 없다고 해도 과언이 아니겠네요."

내 물음에 희준이 고개를 젓는다.

"물건으로서의 가치는 없다고도 할 수 있다. 반지는 어디까지나 귀족의 명예에 관련된 물건이다. 내가 비록 회의를 통해 공작의 자리에 올랐다고는 하지만, 가보를 잃어버린 상태라는 점은 변한 게 없다. 그것을 되찾지 않는 한, 나의 명예에는 늘 흠집이 나 있는 것이지."

문블레이드가 한마디 툭하고 끼어든다.

"말 참 어렵게 하시네. 한마디로 다른 사람이 가지고 있으면 쪽팔리다는 거잖아요?"

희준의 안색이 조금 변한다. 주위의 가신들이 한마디씩 한다.

"허허, 무엄하도다!"

"감히 공작 전하의 안전에서 그런 천박한 말을 하다니!"

그들이야 NPC이니 그렇다 쳐도, 희준이라는 저 플레이어 NPC는 샹그릴라 세계에 완전히 동화되기라도 한 듯 가신들보다 훨씬 불쾌하다는 표정을 지었다.

"엄연히 귀족과 평민의 구분이 존재하거늘. 엘모아님의 손님이라 하더라도 말을 삼가라!"

희준의 말에 문블레이드가 입꼬리를 치켜올렸다. 배알이 뒤틀린다는 얼굴이었다. 나도 솔직히 기분이 좋지는 않았다. 게임 안에서 귀족 노릇을 하는 게 뭐 그리 대수라고.

바로 그때, 알현실의 문을 박차며 한 여자가 모습을 드러냈다.

　"그에게 반지를 건네주어서는 안 돼요!"

　나와 문블레이드가 동시에 그녀를 바라보았다. 청초한 은녹색 머리칼을 가진 그녀는 눈처럼 흰 피부가 발그레하게 상기되어 있었다. 병사들의 제지를 피하느라 숨까지 헐떡였다.

　"에스텔 아가씨! 이러시면 안 됩니다!"

　감히 손은 대지 못하고 두 팔을 뒤로 뺀 채 병사들이 그녀를 제지하고 있었다. 그런 소극적인 태도로는 그녀를 막기에 역부족이었다. 병사들 틈을 빠져나와 그녀가 다시 외친다.

　"저자는 힘으로 공작의 자리를 빼앗았습니다! 모험가들이여, 부디 그에게 반지를 전해주는 우를 범하지 마소서!"

　공작 희준이 자리에서 벌떡 일어난다.

　"무엄하다! 아무리 나의 사촌이라 할지라도 정통성에 흠집을 내는 발언은 용서받지 못할 것이다! 가드! 어서 그녀를 이곳에서 쫓아내거라!"

　"희준 오라버니! 당신은 이 땅에서 가장 영광된 자리에 계시던 분이에요. 공작의 아들로서 모든 것이 당신 뜻대로 움직였는데 어째서 그런 짓을 하셨나요?!"

　"닥쳐라! 또 그 이야기로 나를 모함하려 하는 것이냐?!"

　두 사촌 남매의 말싸움이 점점 격해져 간다. 문블레이드가 싱긋 웃으며 내 옆구리를 툭툭 쳤다.

"이거 조금 퀘스트다워졌는데? 반지만 달랑 전해주고 끝나면 재미없잖아."

"하하, 작위 계승 싸움 같은 건가? 근데 좀 이상하지 않아? NPC도 아니고 플레이어 NPC인데……."

희준 공작이 발작적으로 외친다.

"어서 저 여자를 끌어내지 않고 무엇 하느냐!? 그녀를 탑 가장 높은 곳에 가두라! 삿된 말로 혹세무민하는 꼴을 더 이상 못 보겠다!"

그 순간, 문블레이드가 자리에서 벌떡 일어나더니 에스텔이라는 귀족 곁으로 달려갔다. 병사들을 밀치고 그녀의 앞에 선다.

"뭔가 사연이 있는 것 같은데, 좀 더 들어봐야겠는걸."

문블레이드가 검의 손잡이에 손을 얹으며 희준 공작을 바라보았다. 희준 공작이 눈살을 찌푸린다.

"지금 네가 하는 행동이 무얼 뜻하는지 알고 있느냐?!"

"당연히 알지."

희준 공작이 이번에는 나를 보며 말했다.

"반지의 소유자는 너이다. 내게 반지를 넘겨준다면 보수금을 1천 로스로 올려주겠다! 하지만, 만약 내 말을 듣지 않겠다면 살아서 이곳을 나갈 것이라고는 생각하지 말아라!"

나도 무릎을 털며 자리에서 일어났다.

"뭐, 죽어봤자 신전에서 부활할 텐데. 이렇게 된 거 어디 한번 갈 데까지 가보자."

퀘스트 창의 퀘스트를 삭제하고 나는 문블레이드의 곁에 섰다. 병사와 기사, 수십 명이나 되는 방 안의 NPC들이 공작의 눈치를 보며 우리 두 사람에게 무기를 겨누었다.

에스텔이라는 귀족 아씨는 문블레이드의 뒤에 몸을 감추고 있었다. 평생 귀족의 영애로서 고생 한 번 않고 자란 몸─이라는 설정─이라 그런지 막상 자신이 일을 저질러 놓고도 겁에 질려 뻣뻣하게 굳어 있었다.

조금 전에 나와 문블레이드를 이곳으로 안내해 온 기사 한 명이 앞으로 나섰다.

"권주를 버리고 굳이 벌주를 마시겠다는 겐가. 좋다, 어디 실력을 한번 보자. 나는 벨프라인 공작님을 모시는 기사단장 루드릭이다!"

문블레이드가 에스텔의 어깨를 잡아 내 곁으로 민다.

"내가 렙이 좀 더 높으니까 내가 상대할게."

나는 고개를 끄덕였다.

문블레이드는 허리에서 검을 뽑아 들었다. 지난번 크리스마스 이벤트 때 보았던 것과 모양이 달랐다. 아무래도 그사이 새로운 검을 손에 넣은 모양이었다. 엷은 녹색의 바람이 은은하게 몰아치는 마법의 검이었다.

"흥, 고작 블레이드 러너 주제에 기사단장에게 검을 들이 대다니."

루드릭도 검을 뽑았다. 두툼한 검신이 날카로운 빛을 반사했다.

첫 일격은 문블레이드로부터 시작되었다.

"크로마 스파이럴!"

'왜 기술명을 외치는데?' 라는 내 의문은 접어두고, 문블레이드의 검끝에서 강대한 카르마의 폭풍이 몰아쳐 갔다. 흡사 기름띠에 떠오르는 무지개처럼 아롱거리는 검기가 루드릭의 목을 노리고 뻗어나갔다.

루드릭이 검신을 휘둘러 문블레이드의 공격을 튕겨냈다. 동시에 어깨로 문블레이드의 가슴팍에 부딪쳐 왔다.

문블레이드가 재빠르게 몸을 기울여 공격을 피해내자, 루드릭은 검을 횡으로 휘둘렀다. 어마어마한 바람이 알현실 안에 웅웅거렸다.

"흥, 조그마한 기술은 몸에 익히고 있는 모양이구나. 좋다, 그럼 이 공격을 받아봐라! 팰랭크스!"

기사단장 루드릭이 검을 위에서 아래로 내려쳤다. 그 순간 검끝이 수십 개로 갈라지며 문블레이드의 몸통을 노렸다. 환영 같기도 하고, 실체 같기도 한 공격에 문블레이드는 살짝 당황하며 몸을 뒤로 던졌다.

하지만 루드릭의 공격은 그것으로 끝이 아니었다. 팰랭크스라는 기술로 이번에는 전방으로 똑바로 찔러 들어왔다. 문블레이드는 좌우 어느 곳으로도 피할 곳이 없어 다시 뒤로 몸을 피해야만 했다.

파바밧—

미세한 폭발음이 문블레이드의 몸 전방에 울렸다. 공격에 스친 듯했다. 몸이 휘청하는 걸 보니 절대로 적은 데미지가 아니다.

나는 안 되겠다 싶어 앞으로 달려나가며 쌍수를 앞으로 뻗었다.

예전 같으면 일단 천낙으로 간을 봤을 테다. 하지만 지금 내 렙은 100이다. 서버 내에서 공격이 제대로 박히지 않는 NPC 따위 존재할 리 없었다.

쌍수 각기 청구연환삼식이 발동되었다. 각기 세 번, 총 여섯 번의 공격이 루드릭의 어깨에서 가슴팍을 아우르며 박혀 들어갔다.

펑펑—

화약이 폭발하는 것 같은 소리가 내 주먹 끝에서 터져 나온다.

루드릭은 내 한 번의 공격에 한 걸음씩 모두 여섯 걸음을 뒤로 물러나고야 말았다. 하지만 갑옷이 어찌나 단단한지 루네리움 합금제의 내 건틀릿이 오히려 찌그러지고 말았다.

전투 로그를 살펴보았다. 쌍수 합쳐 1만 5천 데미지가 넘는 공격이 들어갔다. 이 정도면 뭐…….

루드릭의 안색이 변했다.

"뭐 하는 건가! 반역도들이 벨프라인 성안에서 날뛰는 것을 보고만 있을 셈이냐?!"

못 이기겠다는 계산이 선 모양이다. 괜히 부하들한테 성질이다. 하지만 그의 말에 NPC 병사, 기사들은 곧바로 나와 문블레이드에게로 달려들었다.

"튀자."

내 말에 문블레이드는 고개를 끄덕였다. 에스텔의 손을 잡아 그녀가 먼저 복도 밖으로 달려갔고, 나는 복도로 이어진 현관 앞에 똑바로 섰다.

좌우일승에 혼일무극장! 공격력 400의 범위 공격이 2연발로 전방에 폭발했다. 데미지로 치자면 8천에 가까운 또 하나의 사기성 스킬이다. 병사들 중 체력이 적은 놈들 몇이 혼일무극장의 2연타에 시체가 되어 바닥에 털썩 쓰러졌다.

내 공격에 겁을 집어먹었는지 병사들과 기사들이 주춤주춤 뒤로 물러섰다. 루드릭도 뒤에서 성질만 버럭버럭 부릴 뿐 덤벼들 생각을 하지 못했다.

나는 그대로 몸을 돌려 문블레이드의 뒤를 쫓았다. 질뢰답 무영의 스킬 덕분에 문블레이드를 따라잡는 것은 그리 어렵지 않았다.

"여, 무사히 도망쳤구나."

뒤도 보지 않고 튀던 문블레이드가 뒤늦은 나의 합류를 반겼다.

"하하, 90레벨 존에서도 도망치고 도망쳐서 살아남은 이 몸이시다. 이 정도 가지고, 뭐."

말을 하던 나는 문득 벨프라인 성안 병사들의 레벨이 궁금해졌다. 아마 벨프라인 성 근처가 최대 70레벨 정도의 몹이 출몰하는 곳이니, 기사단장이 그 레벨쯤 될 듯했다. 문블레이드가 고전을 면치 못한 것도 이해가 가는 바다.

나와 문블레이드는 그대로 내성을 벗어나 성안 뒷골목의 으슥한 곳으로 숨어들었다. 문패가 덜렁거리는 싸구려 선술집에 들어가고 나서야 우리는 한숨 돌릴 수 있었다.

2

워낙 튀는 복장이었기에 나는 망토를 벗어 에스텔을 가려주었다. 선술집에 있던 몇몇 플레이어들이 내 옷을 보며 몇 마디 수군거린다. 그런 꼴을 보기 싫어 입었던 망토였건만.

하지만 프릴이 잔뜩 달린 공주 옷을 입은 여자를 이런 뒷골목에서 끌고 다니는 것보다는 이렇게 하는 게 덜 튈 듯했다.

술집에 자리를 잡자마자 에스텔은 우리 두 사람에게 고개를 살짝 숙였다.

"도와주셔서 고맙습니다. 두 분이 아니었더라면, 희준 오라버니는 분명 저를 처형하셨을 거예요."

문블레이드가 싱긋 웃으며 그녀의 말에 답했다.

"아뇨. 저희도 공작이 하는 짓이 마음에 들지 않았으니까요."

그녀를 진정시키기 위해 문블레이드는 따듯한 생강차를 주문했다. 에스텔이 찻잔에 입을 가져가며 얼핏 미소를 보인다.

"무슨 일인지 저희에게 말씀해 주실 수 없겠습니까?"

문블레이드의 물음에 에스텔은 손끝을 살짝 오므렸다. 눈을 들어 나와 문블레이드의 눈동자를 응시한다.

"이 일은 가문의 치부예요. 외부 사람들에게 함부로 이야기하기는……."

뭘 이제 와서 새삼. 나는 이렇게 생각하며 술집의 테이블 위에 벨프라인 공의 반지를 내려놓았다.

"이미 저희는 외부인이라고 하기에는 너무 깊숙이 관여하게 됐어요."

반지를 보며 에스텔이 고개를 끄덕였다.

"그건 그렇겠네요."

그녀가 결심을 한 듯 다시 입을 열었다.

"전 에스텔 폰 벨프라인으로, 선대 공작님의 조카예요. 현 공작이신 희준 폰 벨프라인 공과는 사촌 남매지간이죠."

이미 알고 있던 사실이기에 나와 문블레이드는 의례적으로 고개를 끄덕였다.

"5년 전의 일이에요. 어느 날인가 갑자기 희준 오라버님의 성격이 완전히 변했어요. 선하고 모든 일에 관대하셨던 그분이 갑자기… 영주민들을 잔인하게 대하는 일이 몇 번이나 일어나고, 삼촌이신 선대의 벨프라인 공작께서 그때마다 엄하게 희준 오라버님을 혼내곤 하셨죠. 그 일이 불만이었는지……."

말꼬리를 흐리며 에스텔은 이야기를 뭉텅 건너뛰었다.

"선대 영주께서 돌아가시고, 성안의 가신들과 기사들은 새로운 군주로 희준 오라버님을 정했지요. 벨프라인 가문의 계승 순위 1인자였기에 그분이 공작 위를 계승하는 것에는 아무런 문제도 없었어요. 저도 처음에는 그분께서 공작이 되는 것이 불만이 없었지요. 하지만… 어느 때부터인가 불거져 나온 잔인한 성품이 영주가 된 후로 한층 더 심해졌어요. 지금도 벨프라인 성안의 평민들은 희준 오라버님의 눈치를 살펴느라 전전긍긍하고 있는 중이지요."

아마도 성격이 변했다는 건 플레이어 NPC로서 등록한 후의 이야기일 것이다. 희준이라는 사람은 오픈 베타나 그 이후에 샹그릴라 세계로 들어온 모양이다.

현실의 하루가 48일인 샹그릴라의 세계였지만 1년은 30여 주기, 다시 말해 현실의 한 달 정도를 1년으로 치고 있었다. 5년 전의 일이라면 현실에서 다섯 달 전에 벌어진 사건이라고 봐야 할 듯싶었다.

"그래서 어떻게 하길 바라는 겁니까? 공작의 반지를 그에게 주지 않는다면 무슨 일이 벌어지는 겁니까?"

내 물음에 에스텔은 다시 머뭇거렸다. 그러다가 할 수 없다는 듯 짤막한 한숨과 함께 입을 열었다.

"벨프라인의 피를 이어받은 자가 반지를 손에 넣으면, 융프라우 계곡으로 이어진 문을 열 수 있어요. 그곳에는 벨프라인 공작가의 진정한 힘이 감춰져 있다고 해요. 하지만 그게 무엇인지는 어느 누구도 알지 못하죠."

"융프라우 계곡?"

내 되묻는 말에 에스텔이 고개를 끄덕였다. 문블레이드가 곧바로 입을 열었다.

"에스텔 양도 벨프라인 공작가의 피를 이었죠? 당신이 이 반지를 갖는다면 융프라우 계곡 안을 살펴보는 것도 가능하겠네요."

문블레이드의 말에 에스텔이 손을 가로저었다.

"저는 그런 엄청난 일을 할 위인이 되지 못해요. 하지만 융프라우 계곡에 엄청난 힘이 감춰져 있다는 건 사실인 듯해요. 저는 제가 감히 그것을 어떻게 할 생각은 없지만, 적어도 오라버님이 그 힘을 손에 넣는 것만은 막고 싶어요. 그랬다가는 벨프라인 성안에서 벌어지고 있는 폭정이 한층 더 심해지고 말 거예요."

사실 믿을 수 없는 건 희준이라는 남자나 에스텔이나 마찬가지였다. 언제 봤다고 그녀의 말을 믿을 수 있을까?

나는 한번 시험해 볼 마음이 생겼다. 반지를 들어 에스텔의 손에 건네주었다.

"당신에게 그냥 주겠어요."

엉겁결에 반지를 받은 에스텔이 멀뚱히 나를 쳐다본다.

"네?"

"반지를 드리겠다고요."

하지만 그녀는 곧바로 내게 반지를 돌려주었다.

"안 돼요. 우선 저는 이것을 지켜낼 힘을 갖고 있지 못해요. 제 손에 주신다는 건 오라버님에게 넘겨주는 것과 다를 바 없어요."

"그럼 이렇게 하죠. 이 반지를 파괴해요."

내 말에 에스텔은 몸을 흠칫 떨었다.

"그… 공작 가문의 가보를 부수다니……."

"당신이 말했잖아요, 이건 나쁜 사람이 손에 넣는다면 재앙이 될 뿐이라고. 그렇다고 내가 언제까지나 이걸 가지고 있을 수는 없어요."

에스텔이 잠시 고민을 한다. 하지만 그녀의 생각은 그리 길지 않았다.

"그럼, 그렇게 해주세요. 차라리 그게 나을 것 같아요. 반지를 파괴해 주세요."

나는 고개를 끄덕이고는 손바닥 위에 반지를 올려놓았다. 모르긴 몰라도 카르마를 주입해 전력으로 내려친다면 반지를 파괴할 수 있을 것이다.

하지만 정말로 부술 생각은 없었다. 그냥 가지고 있으면 있지 뭐 하러 부수나? 매직급 아이템인데. 단지 에스텔이라는 여자의 본심이 알고 싶을 뿐이었다.

나는 온 힘을 다해 주먹으로 반지를 쥔 손바닥을 내려쳤다. 그러는 동안에도 에스텔이라는 이 여자는 단지 안타깝다는 표정을 지을 뿐, 막으려 하지 않았다.

그녀의 걱정은 진심인 모양이다. 나는 반지 바로 1센티미터 위에서 손을 멈추었다.

"한번 가보죠."

내 말에 에스텔이 고개를 갸웃한다.

"네?"

"그 융프라우 계곡인가 하는 곳에 가보자고요. 뭐가 있는지 궁금하네요."

문블레이드가 웃는다.

"찬성. 엄청난 힘이라고 하니 뭐 좋은 게 있을지도 모르잖아요?"

"하지만……."

에스텔은 여전히 망설이는 눈치였다. 문블레이드가 다시 말했다.

"그 힘을 이용해서 뭘 하려는 생각은 없어요. 희준 공작의 폭정을 막고 싶은 거잖아요? 그럼 에스텔님도 힘이 필요할 거예요."

한참 동안 고민을 하던 에스텔이 간신히 찬성을 표했다.

우리 세 사람은 성벽을 넘어 벨프라인 성을 벗어났다. 성문을 통해 나가는 것은 시도조차 하지 않았다. 다행히 문블레이드도 나도 성벽 정도는 넘을 수 있는 능력을 몸에 지니고 있었다.

융프라우 계곡은 벨프라인 성의 북쪽에 펼쳐져 있는 벨프스 산맥의 중간 어디쯤에 있다고 했다. 에스텔 역시 지도로만

한 번 위치를 보았을 뿐이라 정확한 장소는 알지 못했다.

벨프스 산맥은 밖에서 안으로 들어갈수록 출몰하는 몬스터의 레벨이 급작스럽게 높아져 갔다. 산록 부근은 30에서 40레벨 존이었지만, 우리가 지금 지나고 있는 산등성이 언저리만 해도 60레벨의 존이다.

눈괴물, 스노우 비스트 한 무리가 저 멀리서 벨프스 산양 떼를 사냥하고 있었다. 피하기가 어려울 듯 보여 사냥을 하기로 결정했다. 문블레이드가 무리에서 떨어져 있는 스노우 비스트를 한 마리씩 안전한 장소로 끌고 왔다.

나는 청구연환삼식이 아니라 내가 몸에 익히고 있는 우슈만으로 스노우 비스트를 공격했다. 스노우 비스트는 길고 흰 털이 온몸에 나 있는 고릴라 같은 괴물이었는데, 방어력이 특히 뛰어났다. 아마도 추위에 적응하기 위해 피부가 두꺼워진 덕택인 듯했다.

"이놈들, 전에 내가 잡았을 때보다 빨리 죽네. 한큐 너, 데미지 꽤 뻔나 보다."

"응?"

"내 평타가 이제 200 정도 넘는데……."

문블레이드의 말을 들으며 나는 전투 로그 창을 살펴보았다. 내 공격은 평균적으로 700 안팎의 데미지를 뽑고 있었다.

"원래 격투가 계열이 카르마만 충분하면 데미지가 잘 나오니까. 나는 평타 공격이란 게 없거든."

내 대답에 문블레이드가 고개를 끄덕거렸다.

"하긴, 너도 카르마 괴수였지. 그러고 보니 너도 전직해야 한다고 하지 않았냐?"

"그건 그래. 근데 어떻게 하는지도 모르겠다. 히든 클래스가 꼭 좋은 것도 아니라니까."

"하하, 배부른 소리 한다."

우리가 스노우 비스트를 한 마리씩 줄여 나가는 동안 에스텔은 뒤쪽 동굴 틈새 안전한 곳에 숨어 있었다. 설정상 전투 캐릭이 아닌 모양이었다.

한바탕 전투를 마친 후 우리는 잠시 휴식을 취할 겸 전투 중에 보아두었던 동굴 안으로 향했다. 문블레이드가 검기 실린 검술로 장작을 패와 모닥불도 한 덩이 피웠다.

"두 분 모두 대단하세요."

모닥불을 보며 에스텔이 입을 열었다. 역시 샹그릴라의 NPC들은 대단한 것 같다. 세상 어느 온라인 게임에서 NPC가 먼저 잡담을 걸어올까?

"뭘요. 아직은 레벨이 낮은 지역이잖아요."

문블레이드의 말에 에스텔은 강하게 머리를 도리질 쳤다.

"아녜요. 벨프라인 성의 기사들도 벨프스 산맥 깊은 곳까지 원정을 올 생각은 잘 하지 않는 걸요."

"그런가요?"

문블레이드는 으레 답을 하고는 에스텔에게 물었다.

"그러고 보니 혹시 가문이 가지고 있는 힘에 대해 들어본 적 있어요?"

"네? 아……."

에스텔은 잠시 뜸을 들이다가 입을 열었다.

"그것의 어깨에 올라, 등줄기를 타고, 심장에 앉아라. 인간은 이제 거인을 두려워하지 않네."

뜬금없는 말이었다. 문블레이드도 나도 고개를 갸웃했다. 에스텔이 설명을 붙였다.

"벨프라인 공작에게 전해져 내려오는 이야기예요. 두 분은 혹시 거인에 대해 알고 계신가요?"

거인이야 알지. 아는 정도가 아니라 신물 나게 잡기도 했다.

"거인의 허벅지뼈라 이름 붙어 있는 좁은 땅은 본래 메일스트롬에 이르는 넓은 대지였어요. 그곳의 이름은 세드리안. 동쪽의 켈드리안과 더불어 샹그릴라를 양분하는 거대한 산맥이 있던 곳이지요."

문블레이드가 고개를 끄덕인다.

"그 이야기는 들었어요. 켈드리안의 지배자 티아메트와 세드리안의 지배자 욜그문드. 두 고룡이 이끄는 양대 드래곤 종족이 수만 년 전부터 전쟁을 벌여왔다는 이야기도요."

설정집을 읽은 모양이다. 정작 티아메트까지 만나본 나는 처음 듣는 이야기였다.

에스텔이 다시 입을 열었다.

"세드리안의 지배자 욜그문드는 티아메트와 켈드리안의 드래곤들을 몰살하기 위해 한 가지 계획을 세웠어요. 그건 바로 샹그릴라의 아래층, 제2계의 기둥을 관리하고 있던 거인족을 이용하겠다는 것이었죠. 욜그문드는 페이즈 게이트라는 금단의 마법에 손을 댔고, 제2계로 통하는 문을 여는 것까지는 성공을 했다고 해요."

나는 에스텔의 말을 들으며 고개를 끄덕였다. 지금 거인의 허벅지뼈에 살고 있는 거인족들은 샹그릴라 2계의 생물인 모양이다.

"하지만 그건 해서는 안 될 일이었죠. 욜그문드의 마법으로 샹그릴라 2계에 있는 세계의 기둥 몇 개가 무너지고, 결국 그가 지배하던 땅, 세드리안의 90퍼센트가량이 바다 속에 가라앉고 말았어요. 그때 바다 속에 잠긴 페이즈 게이트가 지금 대륙의 중앙을 차지한 대소용돌이—메일스트롬—를 일으키고 있다고 해요."

에스텔은 막대를 들어 모닥불을 들척였다. 수많은 불티가 동굴 천장으로 날아올랐다.

"그게 5천 500년 전의 일이에요. 샹그릴라 제2계를 다스리던 일곱 군주 중 하나인 카쿰은 욜그문드가 기둥을 무너뜨린 일에 불같이 화를 냈어요. 수십만의 거인을 페이즈 게이트를 통해 우리 1계로 파병했고, 남아 있던 세드리안의 드래곤 일족들을 사냥하기 시작했어요. 심지어는 켈드리안과 인간의 왕국까지 공격했죠. 아직 그때까지만 해도 인간은 한 명의 황제와 두 왕 아래에서 통일된 나라를 이루고 살아 있었다고 해요. 거인의 침략에 당면한 황제는 모든 마법과 과학을 동원해 어떤 병기를 만들었다고 하는데… 그게 어떤 건지 지금은 아무도 몰라요. 하지만 그 병기 덕분에 인간들은 왕국을 지켜낼 수 있었고, 그 뒤로 500년간 전쟁은 샹그릴라 제1계와 2계 사이의 다툼으로까지 발전했다고 해요."

문블레이드가 에스텔의 말을 받았다.

"아무튼 그때, 양 세계의 여신들이 한자리에서 회의를 한 끝에 티아메트와 욜그문드 두 드래곤을 봉인하고, 페이즈 게이트를 닫는 것으로 전쟁을 끝냈잖아요. 그리고, 욜그문드를 봉인한 신전은 지금까지 거인들이 남아 감시를 하고 있고요. 그곳이 바로 거인의 허벅지뼈잖아요."

에스텔이 고개를 끄덕인다.

"그런 설정은 그렇다 치고, 그래서 그거랑 융프라우 계곡이랑 무슨 관계가 있다는 거예요?"

내 물음에 에스텔은 나를 쳐다보았다.

"사실 그로얀 왕국의 열두 공작은 5천 년 전의 그 전쟁 때 그로얀 국왕의 가신들이었다고 해요. 거인족과의 전쟁으로 황제 일족을 잃은 인간의 왕국은 그로얀과 케세린으로 분리되었고, 그 북쪽을 다스리던 그로얀 왕께서 가신들을 공작으로 봉한 것이 공작 가문들의 시작이죠."

문블레이드가 말한다.

"요컨대, 가문에 전해져 내려오는 이야기와 가문의 탄생을 생각해 볼 때, 융프라우 계곡에 잠들어 있는 힘이라는 게 거인족과의 전쟁 때 만들어진 병기일 거라는 이야기인 건가요?"

"네."

"거인을 상대할 수 있는 무기라……."

문블레이드가 혼잣말을 중얼거린다. 그러더니 나를 보며 물었다.

"형에게 뭐 들은 이야기 없어?"

나는 고개를 저었다.

"아니. 전혀."

"그런가."

"형이 게임 개발에 대해 여기저기 이야기하고 다니는 사람도 아니고……."

"그건 그래."

에스텔이 내게 물었다.

"형이라뇨? 한큐님의 형도 뛰어난 모험가셨나 봐요?"

나는 에스텔의 말에 쓴웃음을 지었다.

"그건 아니고… 굳이 말하자면 이 세계의 아버지 같은 사람이죠."

이해할 수 없다는 듯 에스텔이 머리를 갸웃한다.

"아무튼 일단 융프라우 계곡으로 가보자. 그러면 알게 되겠지."

문블레이드가 내린 결론이야말로 가장 명확했다. 얼마간 휴식도 취했겠다, 우리는 다시 눈 덮인 벨프스 산맥을 헤매기 시작했다.

3

융프라우 계곡의 위치를 대강 알고 있었음에도 우리는 현실의 시간으로 다음날이 되어서야 그곳에 도착할 수 있었다. 플레이 타임이 얼마 남지 않은 탓도 있었다.

융프라우 계곡은 이름 그대로 V 자로 깊게 깎여 나간 계곡의 틈새에 위치해 있었다. 경사가 70도는 될 듯한, 절벽과도 같은 능선 틈새에 거무튀튀한 금속 댐이 놓여 있다. 금속이라는 것도 만져 본 후에야 알 수 있었고, 언뜻 보았을 때는 바위인 듯 보일 정도였다.

댐의 높이는 20여 미터쯤이었다. 아래쪽에는 사람이 드나들 수 있는 문이 있었고, 우리는 자연스럽게 그쪽으로 걸음을 옮겼다.

문은 당연한 이야기이지만 굳게 닫혀 있었다. 귀족이 만든 구조물답게 철을 주조해 만든 듯한 거무튀튀한 장식물들로 치장되어 있었다. 문의 좌우로는 철로 만든 경비병의 조각상도 한 쌍 놓여 있었다.

"도착은 한 거 같은데, 이거 어떻게 열어야 하는 거야?"

내 말에 시선은 자연스럽게 에스텔에게 모였다. 에스텔이 한 걸음 먼저 문으로 다가가 이곳저곳을 살펴보았다. 그러다 문의 정중앙에 반지의 장식석 부분이 일치할 듯한 파인 자국을 발견했다.

"아마도 반지를 이곳에 넣는 듯해요."

에스텔의 곁으로 간 나는 반지를 낀 채로 윗부분을 홈에 꽂았다. 정확하게 맞아들어 간다. 하지만 아무런 변화도 일어나지 않았다.

"벨프라인 공작 가문의 피를 이은 사람이 해야 한댔잖아."

문블레이드가 한 가지 사실을 지적했다. 나는 곧바로 반지를 빼 에스텔에게 건네주었다.

에스텔은 나에게서 반지를 받아 자물쇠에 밀어 넣었다. 그러자 반지로부터 빛이 나며 문의 틈새를 따라 빛이 번져 나가기 시작했다.

"오오, 뭔가 시작된다!"

문블레이드의 말과 동시에 끼리릭— 철컥— 끼리릭 하는 금속성 소리가 문의 곳곳에서 들려오기 시작했다.

연쇄적으로 들리던 소리가 멈추고, 마지막으로 한 번 더 털컹 하는 소리가 들렸다. 그리고는 철제문이 삐걱 소리를 내며 작은 틈새를 드러냈다.

에스텔이 문의 손잡이를 잡아 옆으로 끙끙대며 당겼다. 하지만 이 묵직한 대문은 꿈쩍도 하지 않았다.

문을 여는 것은 나와 문블레이드가 대신해야 할 듯싶었다. 우리 두 사람이 힘을 합쳐 한참을 끙끙대자 문이 열리기 시작했다.

사람 하나가 간신히 들어갈 만한 틈이 생기자마자 우리는 융프라우 계곡 안으로 걸음을 들이밀었다.

융프라우 계곡 입구를 가로막고 있는 댐 너머에는 거대한 신전이 하나 들어서 있었다. 바위벽을 깎아 신전처럼 꾸며놓았는데, 워낙 깊이 파놓아 언뜻 신전이 바위벽 중간쯤 들어박힌 것처럼 보이기도 했다.

신전에는 높이 7미터가량에 너비 4미터쯤 되는 문 없는 입구가 뚫려 있었다. 우리는 자연스럽게 그곳으로 걸음을 향했다.

"뭐가 있을까? 마법? 아니면 검술 같은 건가? 전설급 검이라도 나오는 거 아냐?"

가는 도중 문블레이드가 물었다. 나도 전혀 알 수가 없었다. 만약 에스텔의 상상대로 고대의 병기라면 아마 무기나 그 비슷한 것일 테다. 하지만 전해져 내려오는 이야기에서 무기라는 언급이 특별히 있었던 것은 아니었고, 문블레이드 말대로 어떤 스킬일 가능성도 있었다.

신전의 입구로 들어섰다. 신전 안은 빛 한 점 들지 않아 어두컴컴했다. 어렴풋하게나마 보이는 것은 신전 저편의 거대한 의자와 그곳에 앉아 있는 조각상 정도였다.

조각상은 갑옷으로 온몸을 가린 기사와 비슷한 모습이었다. 그 조각은 의자에 앉아 그 앞에 검을 세우고 검막이에 두 손을 얹고 있었다.

"저건 뭐야? 이 신전에서 모시는 신 같은 건가? 기사의 모습인 걸 보니 전투의 신 같은 건가 본데?"

문블레이드는 이렇게 중얼거리고는 좌우 주변을 살피기 시작했다.

신전의 오른쪽 벽은 무기의 박물관 같은 곳이었다. 벽을 따라 무기 거치대가 일렬로 배치되어 있고, 그 하나하나마다 검에서 도끼, 폴암, 각종 갑옷에 이르기까지 수많은 장비들이 놓여 있었다.

한편 왼편에는 책장이 가득했다. 도서관을 방불케 할 만큼 많은 책이 벽을 따라 놓여 있는 책꽂이를 가득 채우고 있었다.

우리는 그 모습에 탄성을 내질렀다.

"역시 무기와 마법이구나!"

문블레이드가 외쳤다. 동시에 무기들이 놓여 있는 곳으로 달려가 검 한 자루를 손에 들었다.

"오오, 매직급 검이다! 그런데… 어, 이거 그렇게까지 좋지는 않은데? 지금 내가 들고 있는 것보다 오히려……."

나도 문블레이드를 따라 무기 진열대로 다가갔다. 문블레이드가 말한 것처럼 전부 매직급 무기였다. 하지만 공작가가 몇천 년이나 지켜온 '힘'이라고 할 만한 것들은 아니었다.

우리 두 사람이 무기 거치대 쪽으로 달려가 호들갑을 떠는 동안, 에스텔은 신전 안으로 똑바로 걸어 들어갔다. 신전 중앙에 모시고 있는 전쟁의 신 같은 조각상 곁으로 다가가더니 허리를 굽혀 기도를 한다.

별 의미 없어 보이는 그녀의 행동을 흘끗 보고 나는 다시 무기와 갑옷 등을 살펴보았다. 수십 개나 되는 장비들을 살펴보았지만 눈에 띄는 것은 없었다.

바로 그때였다.

"한큐!"

누군가 내 이름을 불렀다. 나는 고개를 돌려 문블레이드를 쳐다보았다. 하지만 나를 부른 것은 그녀가 아니었다.

"한큐!!"

또다시 누군가가 나를 부른다. 주변을 두리번거렸다. 그때, 신전 입구의 환한 빛을 배경으로 서 있는 한 소녀가 보였다.

문블레이드가 내 곁으로 다가온다.

"아는 애야?"

문블레이드의 말대로 그녀는 여자아이였다. 신전의 입구를 지나 내 곁으로 다가와, 빛 속에서 나온 얼굴을 알아볼 만해지고 나서야 그녀가 누구인지 알 수 있었다.

"엘베로사?!"

"응, 나 엘베로사야."

이상한 공간으로 끌어당기는 것도, 시간을 멈춘 것도 아니었다. 엘베로사는 그저 자연스럽게, 플레이어 NPC다운 걸음걸이로 내게로 다가왔다.

"내 말을 들어줄 거지?"

내 앞에 선 엘베로사가 대뜸 말을 꺼낸다.

"응?"

"한큐는 또 내 말을 들어줄 거지?"

그녀의 말에 나는 눈살을 찌푸렸다. 티아메트의 봉인을 풀어달라던 그 한마디 말에 얼마를 휘둘렸던가?

"누구야, 얘는?"

문블레이드가 물었다.

"너도 헤나 누나 알지?"

"응? 아, 어렸을 때 처음 만나서 지금도 가끔 병문안을 간다는 그 누나 말야? 얘기는 들었지."

문블레이드는 내 말에 이렇게 대꾸하다가 엘베로사를 새삼 바라보았다. 놀랐다는 듯 외치는 목소리로 내게 묻는다.

"얘가 그 헤나 누나야?"

"응."

엘베로사가 곧바로 외친다.

"아니야, 나는 헤나가 아니야!"

"그게 뭔 소리야?"

헷갈려 하는 문블레이드에게 내가 다시 말했다.

"게임 안으로 들어와서 조금 이상해졌어. 이중인격 같은 건가 봐."

"아아……."

"나는 엘베로사야."

엘베로사의 말에 나는 고개를 끄덕이며 말했다.

"알았어. 너는 엘베로사야."

그제야 엘베로사가 조금 진정하는 눈치를 보였다.

"나, 한상 못 찾겠어. 도와줘."

또 정신이 어디로 간 모양이다. 나는 어떻게 설명을 해줘야 할지 막막했다.

"한상이 형은 지금… 세상 어느 누구와도 이야기를 못 해."

"아냐. 한상 있어. 그치만 나를 피하고 있어. 그치만 나와 이야기하려 하고 있어."

"그건 또 뭔 소리야? 형은 현실에서 사고를 당했어."

내 말에 엘베로사가 도리질을 친다.

"아니야! 한상은 있어."

"자꾸 그러면 나 화낸다. 형이 사고를 당한 것도 마음 아픈데……."

엘베로사가 갑자기 소리를 빽 지른다.

"내 말 들어! 왜 내가 하는 말은 다 거짓말이라는 거야? 엘베로사는 거짓말 안 해! 엘베로사는 혜나가 아니야! 한상은 지금 나를 피하고 있는 거야! 하지만 한상은 내가 필요하다고 했어! 그렇지만 샹그릴라 세계는 내가 만든 거야!"

나는 한숨을 푹 내쉬었다. 무슨 말을 하는지 전혀 모르겠다.

"한큐는 한상 만났잖아."

"그야 형이니까 매일 만나고 있지."

사실이었다. 형은 지금 집에 있으니까.

"그런데 왜 나는 모르는 거지?"

"그야 너는 다른 데 있었으니까."

"아냐. 한상은 지금 어디론가 사라졌어. 나는 찾을 수 없어."

이야기를 잠자코 듣고만 있던 문블레이드가 한 걸음 나서서 끼어들었다.

"이거 완전 어린애잖아. 어떻게 된 거야? 혜나 누나, 스물다섯이라고 하지 않았어?"

나는 문블레이드를 보며 답했다.

"나이야 그렇지만, 열세 살 때 전신불수가 되었으니까, 아마 그때 이후로 성장하지 못했을 거야."

"아니, 그런 것치고도… 얘 기껏해야 대여섯 살 정도로밖에 안 보이는데?"

엘베로사가 문블레이드를 째려본다.

"너는 뭐야?"

"나? 나는 한큐 친구 문블레이드."

"상관없어. 이야기하는데 끼어들지 마."

"끼어들든 말든 내 맘이야."

문블레이드가 이 말을 하는 순간, 나는 엘베로사의 눈빛에서 한 가지 느낌을 받았다. 그건 이전 그녀가 나와 함께 티아메트의 던전을 돌던 때 몇 번이나 풍겼던 감각이다.

나는 곧바로 문블레이드의 앞을 가로막았다. 동시에 엘베로사의 짤막한 한마디 말이 내 귓전을 때렸다.

"죽어."

어마어마한 힘을 가졌던 드래곤마저 일격사시켰던 주문이다. 나는 두 팔을 벌려 문블레이드를 지키려 했다. 하지만 이미 늦었는지도 몰랐다.

나는 시체가 되어 널브러져 있는 모습을 상상하며 고개를 뒤로 돌렸다. 바로 그때, 문블레이드의 목소리가 들렸다.

"어디서 못된 말은 잘도 배웠네! 너, 좀 혼나야겠다!"

문블레이드는 멀쩡하게 살아 있었다. 다시 앞을 보니 눈을 동그랗게 뜨고 있는 엘베로사의 모습이 보였다. 믿기지 않는다는 듯한 얼굴이었다.

"이럴 리가 없는데……."

"엘베로사! 내 친구를 왜 죽이려고 하는 거야?!"

"그, 그치만……."

"자꾸 그러면 상대 안 해줄 거야."

엘베로사가 다시 소리를 친다.

"한큐도 죽어!"

하지만 그녀의 마법은 전혀 듣지 않았다. 엘베로사가 다시 나를 보고 말했다.

"역시 한큐 때문이구나. 아니, 한상이 때문이야. 한상이 한큐를 이상하게 바꿔놨어."

엘베로사가 이상한 말을 하는 건 하루 이틀이 아니었다. 그러고 보니 문득 그녀의 말이 비록 이상하게 들리긴 해도 일관된다는 점에 생각이 미쳤다.

왜 자신을 거짓말쟁이 취급 하냐며 소리치던 엘베로사가 떠올랐다.

"엘베로사."

"응?"

"나는 도무지 모르겠다. 도대체 왜 자꾸 한상이 형이 있다고 말하는 거야? 그리고 그거랑 티아메트는 또 무슨 관계가 있는 거야?"

엘베로사가 나를 물끄러미 올려다본다.

"모르는 거야?"

"응?"

"한큐는 벌써 한상을……."

바로 그 순간이었다.

한줄기 빛이 신전 안을 가득 채웠다. 따듯하고 온화한 흰색의 빛은 신전 안을 하나 가득 밝히고 있었다.

그 빛의 기둥 틈에서 한 명의 여자가 모습을 드러냈다. 나는 그녀를 알고 있었다. 나뿐 아니라 문블레이드도, 어쩌면 에스텔이라는 저 여자도 알고 있을 것이다.

아니나 다를까, 그녀의 등장에 에스텔이 깜짝 놀라며 무릎을 땅에 대고 머리를 조아렸다. 에스텔이 그녀의 이름을 입에 담았다.

"엘모아 여신님!"

바로 그녀는 샹그릴라 제1계의 여신 엘모아였다. 왜 지금 이 순간 그녀가 모습을 드러냈는지는 알 수 없었지만.

문블레이드가 내 옆구리를 툭툭 친다.

"저 여자, 캐릭터 처음 만들 때 만났던 여신 맞지?"

"그런 거 같은데?"

"왜 여신이 여기서……."

여신 엘모아는 우리의 대화를 들었는지 우리 쪽을 보며 천천히 걸음을 옮겼다.

"모험자들이시여, 이곳은 아직 그대들에게 허락된 장소가 아닙니다."

"네?"

내 반응에 여신이 다시 입을 열었다.

"이곳에 잠들어 있는 힘은 지금 세상에서는 용납되지 않는 것. 거인들이 이 땅을 떠나며 나의 뜻에 따라 기사들은 깊은 잠에 빠져들었습니다."

엘모아가 이번에는 에스텔을 보며 말했다.

"벨프라인 가문이 지키고 있던 힘은 아직 세상에 나타나서는 안 되는 것이에요. "

에스텔이 이마를 땅에 붙이며 말했다.

"네, 여신님의 뜻에 따르겠어요. 바로 이 땅을 떠나 당신께서 말씀하실 때까지 다시는 이곳에 오지 않겠어요."

"그래요. 그렇게 한다면 나도 당신에게 벌을 내리지는 않겠어요."

대화를 보니 아무래도 내가 너무 일찍 봉인을 연 모양이다. 하긴 따지고 보면 90레벨 이상의 아이템이 벌써부터 풀리는 건 게임 시나리오와 배치되는 일임이 분명했다.

그 순간이었다. 엘베로사가 엘모아 앞으로 뚜벅뚜벅 걸어갔다.

"이제야 나왔구나."

엘베로사가 입을 열었다. 엘모아는 곤란하다는 표정으로 뒷걸음질을 쳤다. 엘베로사가 다시 입을 연다.

"어디에 감춘 거야?"

엘모아가 엘베로사의 말에 고개를 살짝 숙인다.

"제가 한 일이 아닙니다."

"어디에 있냐고?!"

"그분은 이 세계의 아버지십니다. 어찌 그 자식인 제가……."

"나는 이 세계의 어머니야!"

엘베로사의 외침에 엘모아는 입을 다물었다. 두 사람의 대화를 들으며 나는 점점 더 의문점이 늘어갔다. 엘베로사가 누군가를 찾고 있는 건 분명했다. 왠지 모르지만 엘베로사는 '그'를 한상이 형이라고 이야기하고 있었다.

지금까지 벌어진 일들로 볼 때 엘베로사가 찾고 있는 건 무명이었다. 티아메트의 분신이기도 한 그 괴짜 플레이어 NPC를.

물론 그가 한상이 형일 가능성은 만에 하나도 없다. 한상이 형은 지금 의식불명 상태로 생명 유지 장치의 도움을 받아 살아가고 있으니까. 형이 샹그릴라에 접속한다는 것 자체가 말이 안 된다.

"만물의 어머니이자 이 세계의 창조자시여."

엘모아가 엘베로사에게 머리를 조아린다.

그 모습도 나로서는 이해가 가지 않았다. 왜 엘베로사가 이 세계의 창조자라는 건가? 혜나 누나가 샹그릴라의 제작 과정에 참여하기라도 했다는 말인가?

계속 말의 앞뒤가 맞지를 않았다. 나는 내가 무언가를 놓치고 있다는 느낌을 강하게 받았다. 그게 뭔지는 아직 알지 못했지만.

"내 말에 복종하지 않을 거야? 그럼 너를 죽일 거야."

엘베로사의 말에 엘모아가 어깨를 흠칫 떨었다.

"부디 자비를 베푸소서. 저는 그저 그분의 뜻에 따를 뿐입니다."

엘베로사가 눈가를 파르르 떤다.

"빨리 말해! 어디에 감췄어?"

"죄송합니다."

"너……."

나는 엘베로사의 앞으로 다가갔다. 하려던 말을 멈추며 엘베로사가 나를 쳐다본다.

"그만 해둬."

"뭐를?"

"네가 찾는 건 무명이잖아."

"무명? 그게 누구야?"

"티아메트의 분신 말이야."

엘베로사는 내 말에 고개를 끄덕였다.

"응, 맞아. 티아메트 안에 있던. 한큐도 알아? 그가 지금 어디에 있는지 한큐는 알아?"

"아니. 몰라, 지금 어디 있는지는. 하지만 얼마 전까지 무명과 함께 있었어."

"알아, 그건 알아. 그치만 그때는 만날 수 없었어. 한상은 나를 만나고 싶지 않아해."

"거기서 형 이름이 왜 나와?"

내 물음에 엘베로사가 막 무어라 말을 하려 했다. 하지만 그녀의 말은 엘모아 여신에 의해 끊겼다.

"한큐님!"

"네?"

엘모아 여신은 갑자기 나를 부르더니 말을 이었다.

"무명님께서 당신께 전할 말씀이 있다고 하셨습니다."

"무명님이?"

"네. 그분께서 말씀하시길, 아피아린스님은 지금 벨프스 산맥 가장 높은 곳에 감금되어 있으며, 그녀를 구할 수 있는 것은 당신뿐이라고 하셨습니다."

아피아린스? 아피아린스라면 그로얀 왕국을 다스리고 있는 여왕의 이름이다. 그리고 혜나 누나가 샹그릴라 안에서 얻은 이름이기도 했다.

나는 곧바로 엘베로사를 바라보았다. 엘베로사가 정말 혜나 누나가 아니라는 말인가?

엘베로사가 매서운 눈빛으로 엘모아를 노려본다. 그녀가 손을 뻗어 엘모아의 손목을 잡았다.

"다시는 깨어날 수 없는 곳으로 보낼 거야."

"그래선 안 됩니다, 엘베로사님! 어째서 당신은 무명님과 화해하려 하지 않으십니까?!"

"화해? 잘못한 건 한상이야! 왜 나를 내버려 둔 거야? 아피아린스는 만나고 싶어하면서. 언제나 아피아린스에게 잘해주면서 왜 나에게는 그렇게 해주지 않는 거야?"

엘베로사의 말에 나는 뒤통수를 얻어맞은 것 같은 충격을 받았다. 엘베로사가 찾고 있는 건 정말로 한상이 형이다. 한상이 형과 혜나 누나 두 사람을 모두 알고 있지 않고서는 할수 없는 이야기였다.

나는 엘모아 여신의 손목을 잡고 있는 엘베로사의 팔을 잡았다.

"너… 정말로 한상이 형을 찾고 있는 거야?"

엘베로사가 나를 쳐다본다.

"이 팔 놔."

"대답해!"

"내가 말했잖아, 한상이를 찾고 있다고."

"그, 어째서 이곳에서……. 너, 도대체 정체가 뭐야? 혜나누나가 아니라면, 너는 누구야?"

"팔 놓으라고!"

다시 엘베로사가 외쳤다.

"대답부터 해."

"팔 놔!"

엘베로사가 다른 쪽 팔로 내 몸을 밀쳤다. 하지만 어린아이의 힘에 밀릴 내가 아니었다. 비록 이 세계에서 신처럼 굴고 있었지만, 몸은 그저 어린아이일 뿐이었다.

그사이, 엘모아 여신이 엘베로사의 손아귀에서 벗어났다. 그녀가 엘베로사에게 말한다.

"그분께서는 엘베로사님과 화해하길 원하십니다. 만약 그 청을 거절하신다면… 힘으로라도 엘베로사님을 제압하겠다고 하십니다."

엘베로사가 엘모아를 노려본다.

"어떻게?! 나는 이 세계의 창조자야!"

"하지만 이렇게 잡혀 계시지 않습니까?"

엘모아의 말에 엘베로사가 고개를 돌려 나를 쳐다보았다. 낑낑거리며 내 손아귀를 벗어나려 했다. 하지만 그 정도 힘으로는······.

문득 이상한 생각이 들었다. 엄청난 드래곤들을 일격사시켰던 그녀가 왜 내게서 빠져나가는 것조차 하지 못하는 걸까? 그녀가 원한다면 이 공간을 얼어붙게 만드는 것도 가능할 텐데······.

"그분께서는 한큐님을 이 세계의 규칙으로부터 벗어나도록 조치하셨습니다. 한큐님은 비록 이 세계에 몸담고 계시지만, 이 세계의 흐름과는 관계가 없으십니다."

"그……."

엘베로사가 눈살을 찌푸린다. 그사이 엘모아 여신이 나에게 말했다.

"언제가 될지 모르지만 그때가 되었을 때… 당신께서 이 세계의 구세주가 되실 거라는 점을 의심치 않습니다. 그때까지 부디 건강히 계셔주십시오."

뭐가 뭔지. 이제는 엘모아 여신이 나에게 머리를 숙이기까지 한다. 나는 그저 샹그릴라라는 게임을 하고 있는 플레이어일 뿐인데……

엘모아가 모습을 감추고, 엘베로사는 여전히 내 팔에 붙잡혀 낑낑대고 있었다. 사라져 가는 엘모아에게 엘베로사가 외쳤다.

"꼭 찾아낼 거야! 이번에는 한상이 나에게 잘해주게 만들고 말 거야! 아피아린스 따위가 아니라 나를!"

하지만 엘모아는 그녀의 말에는 답하지 않았다.

나는 새삼 엘베로사를 쳐다보았다.

뭐지, 이 위화감은?

내가 처음 엘베로사를 혜나 누나, 다시 말해 아피아린스라고 확신한 것은 외모 때문이었다. 그녀는 지금 병실에 누워 있는 혜나 누나를 게임 속으로 그대로 옮겨놓은 듯한 모습을 하고 있었다.

게다가 나를 알고 있었다. 그 두 가지 조건이 모두 맞는 사람이라면 혜나 누나 말고는 생각할 수 없었다.

그녀가 혜나 누나가 아니라면 도대체 뭐란 말인가?

"너… 정체가 뭐야?"

한참 동안 낑낑거려도 팔이 풀리지 않자 엘베로사는 체념한 듯 어깨를 축 늘어뜨렸다.

"나는 엘베로사야. 한큐 미워!"

"너도 내 게임 속 인생을 잔뜩 휘둘러 놓고 뭘 그래?"

"그치만 한큐를 강하게 해줬잖아."

"그야 네가 원하는 게 있어서였잖아. 네가 해달라는 대로 티아메트도 깨워줬고."

"그건……."

엘베로사가 고개를 숙였다. 풀 죽은 모습을 보자니 조금 안됐다는 생각이 들었다. 팔을 잡았던 손을 놓았다.

엘베로사가 나를 쏘아본다.

"한큐도 마찬가지야. 아피아린스밖에 몰라. 나는 아피아린스가 세상에서 제일 싫어. 가장 높고 가장 메마르고 가장 외로운 곳에 평생 가둬둘 거야."

"그러지 마. 나는 아피아린스를 구하러 갈 거야."

"내가 막을 거야. 한큐는 이제 미워. 한큐를 괴롭힐 거야."

"무슨 말이야?"

"흥, 한큐 바보!"

그 순간, 엘베로사가 갑자기 모습을 감췄다. 나는 눈살을 찌푸렸다. 정말 문블레이드의 말대로 엘베로사는 네댓 살 먹은 어린아이처럼 굴었다. 이야기도 두서가 없다.

"뭐가 뭔지 하나도 모르겠네. 무슨 일이야, 도대체?"

문블레이드가 그제야 내게 다가와 말을 건다.

"나도 도통 모르겠다. 뭔가 큰 이벤트를 건드리기라도 한 건가?"

"하긴 켈드리안 산맥에서 있었으니……."

문블레이드가 이렇게 말하며 주위를 두리번거렸다.

"그나저나 켈드리안 산맥에서 시작된 퀘라 그런지 아직 완료 불가능한가 보다. 여신까지 와서 준비가 안 됐다고 그러니."

"그러게 말야."

나는 어깨를 으쓱했다. 문블레이드가 다시 말한다.

"근데 아까부터 계속 한상이 형 이름이 나오던데……."

"속이려는 게 아니고 나도 정말 뭔지 모르겠어. 엘베로사 저건 뭐야? 처음에는 혜나 누나인 줄 알았는데… 아피아린스가 혜나 누나거든. 따로 있는 걸 보니 혜나 누나는 아닌 거 같고."

"근데 왜 혜나 누나라고 생각했는데?"

"그야 생긴 게 똑같으니까. 처음부터 나랑 한상이 형을 알고 있기도 했고."

나는 이왕 이렇게 된 김에 지금까지 있던 일을 대강 문블레이드에게 이야기해 주었다. 시시콜콜한 것은 빼고, 어떻게 엘베로사와 만났고, 엘베로사가 나를 켈드리안 산맥에 던져 놓은 것 등등.

내 이야기를 들으며 문블레이드는 믿기 어렵다는 표정을 계속 지어 보였다.

"너 정말 그런 식으로 플레이한 거야? 지금까지?"

"어. 그렇다니까."

"진짜 골 때리네. 정말 운영자라도 불러야 하는 거 아냐? 뭐가 그래?"

"아니, 뭐, 그래도 덕분에 히든 클래스도 됐고, 좋은 기술도 얻고 했으니까 그냥 넘어가도 되는데… 저 엘베로사는 도대체 뭐야?"

내 말에 문블레이드가 고개를 젓는다.

"네가 모르는 걸 내가 어떻게 알겠냐?"

문블레이드는 내 어깨를 툭 쳤다.

"뭐, 고민은 이쯤 해두고. 어차피 나중 되면 다 알게 되겠지. 그나저나 게임이나 계속하자."

나는 문블레이드의 말에 고개를 끄덕이고 에스텔이 있는 곳으로 다가갔다.

"어떻게 할래요? 여신께서 직접 나타나서 힘을 깨우지 말라고 하니……."

내 말에 에스텔이 눈살을 찌푸린다. 시선을 피하는 정도가 아니라 숫제 몸을 돌린다.

"내게 말 걸지 마라. 이 더러운 것."

"에?"

"너처럼 천한 것이 감히 공작 가문의 여자에게 말을 걸다니, 죽고 싶은 게로구나."

"뭐, 뭐야?"

문블레이드를 쳐다보았다. 문블레이드도 이해가 가지 않는다는 듯한 얼굴로 에스텔을 보았다.

에스텔이 문블레이드를 보며 말했다.

"당신은 아직 악에 물들지 않은 것 같으니 악당과 함께 여행하는 것을 당장 그만두세요. 계속 함께 여행을 다닌다면 당신도 곧 수배를 받게 될 거예요."

악당? 그건 또 무슨 말이야? NPC도 미치나? 이런 생각을 하며 나는 주변을 살펴보았다. 아무것도 변한 게 없는데…….

"이곳은 우리 벨프라인 공작가의 성스러운 땅이다. 또 무엇을 훔치려 이곳까지 온 것이냐? 너 같은 악당에게 속아 이곳을 알려준 것이 한스러울 뿐이다."

"갑자기 왜 그래요? 미쳤어요?"

"천박한 것! 감히 귀족에게 그런 더러운 말을 쓰다니."

"아, 나……."

문블레이드가 내 팔을 끌어당긴다.

"야, 뭐가 어떻게 된 거야?"

"나도 몰라."

에스텔은 계속 나에게 뭐라 떠들어대고 있었다.

"네가 우리 벨프라인 성에 다시 발을 들여놓는다면, 가진 모든 힘을 동원해 너의 목숨을 끊어놓고 말 테다! 그로얀 왕국의 반역자!"

"너보고 반역자라는데?"

문블레이드가 실실 웃음을 흘린다. 돌아가는 꼴이 재미있는 모양이다. 나도 제삼자였다면 웃음을 터뜨렸을 것이다. 문블레이드가 다시 말한다.

"악당에 반역자, 수배자. 전부 명성치가 마이너스일 때 얻는 이름들 아냐?"

듣고 보니 그렇다. 가만, 내 명성치라면… 분명 7만 정도였을 텐데.

서둘러 상태 창을 열어보았다. 나머지 능력치는 변한 게 없다. 그런데…….

"문블레이드."

"응?"

"명성치 7만이면 보통 작위가 뭐냐?"

"응? 글쎄… 뭐, 몇 가지 퀘스트를 해야 하지만, 그 정도면 남작 정도 아냐?"

내가 다시 물었다.

"마이너스 10만이면?"

"대악당이지. 반역자 아니냐."

"나… 지금 명성치 마이너스 10만이다."

"에엥?!"

나는 왜 이런 일이 일어났는지 단번에 눈치챘다. 엘베로사가 떠나기 전에 외쳤다. 나를 괴롭힌다고.

"엘베로사!"

내 외침이 융프라우 계곡 안에 쩌렁쩌렁 울렸다.

대악당 한큐의 탄생이다. 빌어먹을.

CHAPTER 18

현실과 가상세계

1

"정말이야?"

명철이가 웃음 띤 얼굴로 한규에게 묻는다. 곁에 있던 문기가 있는 이야기 없는 이야기 보태 어젯밤 샹그릴라에서 있던 일을 떠들었다.

"정말이라니까. 이제 한규는 그로얀 왕국의 반역자야."

"아 놔, 짜증나."

한규는 한숨을 푹 쉬며 천장을 올려다보았다.

"근데 그거 완전히 버그 아냐? 그냥 운영자 소환하지그래?"

명철의 제안에 한규는 고개를 저었다.

"그건 좀……."

"뭐가 좀이야. 팩션이 최악으로 떨어지면 어떤 페널티가 있는지 몰라서 그래? 어느 마을에 가든 경비들한테 두들겨 맞게 되잖아. 마을에 못 들어가는 정도가 아니라, 대륙 곳곳에 설치된 경비 초소에서도 그렇고, 간신히 마을에 들어간다 쳐도 거래 자체가 불가능하다고. 은행 이용도 못하지."

"아! 은행!"

한규가 명철의 이야기를 끊었다. 은행에 넣어둔 전설급의 아이템들이 생각난 것이다.

"그냥 운영자 불러서 팩션 제대로 고쳐 달라고 그래. 네가 동의하면 운영자들이 네 플레이 로그를 살펴볼 수 있으니까, 버그라는 것도 알 수 있을 거야."

"그게……."

한규가 머뭇머뭇 말을 꺼낸다.

"운영자를 부르는 건 좀 그래."

"왜?"

명철의 물음에 한규가 한숨을 폭 내쉰다.

"나 사실은… 지금 100렙이야."

한규의 말에 문기와 명철이 동시에 '에에?' 하는 소리를 냈다.

"그게 무슨 말이야?"

"말 그대로. 레벨 100이라고."

명철이 믿기지 않는다는 듯 다시 묻는다.

"만렙 찍었다고?"

"응."

"말도 안 돼! 지금 서버 통틀어 최고 렙이 71인데……."

문기도 믿기지 않는다는 표정이었다. 한규가 두 사람에게 샹그릴라에서 있던 일을 이야기하기 시작했다.

"지금까지 말하지 않아서 미안한데, 워낙 이상한 일들의 연속이라 그랬어. 처음 접속을 했더니 버그인지 뭔지 때문에 시작 마을로 욜 숲이 걸린 거야."

문기가 되묻는다.

"욜 숲? 벨프라인 북동쪽에 있는 그 엘프들의 숲 말이야?"

"맞아. 30레벨 중반대 존이지."

첫 이야기부터 두 사람을 어벙한 표정으로 만들었다.

"거기서 어떻게 렙업했냐?"

한규는 욜 숲에서의 일을 이야기해 주었다. 엘베로사를 만난 일을 포함해, 무협 게임 무림혈비사의 캐릭 전부한큐의 스킬들이 옮겨온 일에서 그 스킬을 익히고, 늑대 바둑이를 테이밍한 일까지.

명철과 문기는 들으면 들을수록 이상하다는 듯 이제 물어

보는 것조차 잊고 있었다.

"그리고 나서 좀 정상적으로 할까 하고 델즈로 나왔다가 카르마 수치 때문인지 히든 클래스로 전직하게 된 거야."

"그럼 13렙이 되어서야 전직한 거야?"

명철의 물음에 한규는 고개를 끄덕거렸다.

"그렇지. 아무튼, 전직하고 렙업 좀 하려는데 17렙이나 됐을까? 그때 갑자기 또 엘베로사가 나타나더니 나를 켈드리안 산맥으로 날려 버린 거지. 완전히 황당했다니까!"

문기가 웃음을 터뜨린다.

"푸하! 17레벨에 만렙 존으로 날아간 거야?"

"그치. 지금이야 이러고 웃고 말하지만, 그때는 진짜 황당했어. 그렇지만 그동안 스킬 올린 게 아깝잖아. 괜히 운영자 불렀다가 스킬 다 뺏기면 진짜 게임 때려치울 맘 들었을걸."

"하긴, 현실 시간으로 몇 달 동안 스킬만 올린 건데… 그거 뺏기면 나라도 때려치운다."

문기가 한규의 말에 동감을 표하고, 명철이도 수긍하는 고갯짓을 했다.

"아무튼, 켈드리안 산맥은 카르마의 농도가 짙다고 해야 하나? 카르마 계열 스킬 레벨이 잘 오르더라. 거기서 스킬 전부 10레벨까지 올리고, 근처 마을 NPC와 파티 맺고 렙업 좀 했지. 며칠 만에 40 찍었으니까 진짜 빨리 올린 편이야."

"잠깐, 설마해서 묻는 말인데… 드래곤 잡은 거 너냐?"

문기가 묻는다. 한규는 이번에는 문기의 물음에 솔직히 시인을 했다.

"응. 나 혼자 잡은 건 아니고, 그 마을이 원래 드래곤 슬레이어 부족이야. 마을의 정예 전사들이랑 파티 맺고 잡으러 갔지."

문기와 명철 두 사람이 나란히 입을 쩍 벌렸다. 서버 최초의 드래곤 슬레이어가 바로 눈앞에 있는 친구라니! 도저히 믿기지 않았다.

"드래곤 슬레이어……. 와, 진짜 대단하다!"

명철이 탄성을 내지르며 말했다. 문기가 한규에게 묻는다.

"그럼 너, 지금 입고 있는 드래곤 하이드인가 하는 옷도 그때 얻은 거냐?"

"응, 맞아. 그때 얻은 드래곤의 가죽으로 그 드래곤 슬레이어 부족의 사람들에게 부탁해서 갑옷을 만들어달라고 했어. 워낙 양이 적어서 몸통이랑 바지밖에 못 만들었지만, 옵션이야 네가 전에 봤던 그대로고."

"매직급인데 진짜 옵션 좋긴 하더라."

문기는 한규가 보여주었던 아이템을 떠올렸다. 만렙 존의 생산 아이템이라 그런지 정말 옵션이 자기가 입던 템과 비교가 되지 않았다.

"그럼 거기서 만렙까지 올린 거야?"

명철이 묻는 말에 한규는 머리를 가로저었다.

"아냐. 거기까지만 해도 사실 좋았지. 더 할 것도 없고 해서 켈드리안을 떠나 요키 성에 갔는데, 거기서 또 엘베로사를 만난 거야. 만나면서 하는 말은 늘 똑같았지. 티아메트를 깨우라고. 내가 능력이 안 되서 못한다고 하니까 이번에는 자기가 직접 데리고 가더라. 문기 너도 봤겠지만, 엘베로사는 뭔가 이상한 캐릭터야. 플레이어 NPC 같기는 한데… 신 엘모아까지도 엘베로사에게 고개를 숙였잖아."

문기가 한규의 말에 찬성하고 나선다.

"그건 그래. 어젯밤에 엘베로사 만났을 때는 진짜 황당하더라. 여신 엘모아가 직접 나타나서 그런 얘기를 할 거라고는 진짜 상상도 못했다."

명철이도 이미 어젯밤의 이야기는 들었기에 문기의 말에 고개를 끄덕거렸다.

"맞아요. 그래서 한규, 티아메트는 깨운 거야?"

"응. 네 마리의 드래곤이 봉인석을 지키고 있었는데, 엘베로사가 전부 일격사시켰지. 그때 전설급 아이템도 몇 개 주웠어. 지금 은행에 있는데……"

이건 산 너머 산이다. 드래곤을 잡았다는 이야기도 황당한데, 전설급 아이템이라니! 명철이 한규의 말을 끊으며 말한다.

"진짜 전설급 아이템을 가지고 있다고?"

"응."

"아직 발견된 전설급 아이템이 달랑 세 개뿐인데!"

"진짜 옵션, 죽이긴 하더라."

한규는 계속 이야기를 이어갔다. 티아메트를 깨우고, 갑자기 서버 리셋이 일어난 이야기를 했다.

"왜, 그때 너희들 나한테 핸드폰으로 쪽지 보냈었잖아. 같이 서버 다운 났다며."

한규의 말에 명철과 문기가 그때의 일을 떠올렸다.

"맞아. 생각난다."

"그러게. 그때 셋이 같이 핸드폰 채팅 잠깐 했었잖아."

"그래, 그때야. 그때는 왜 그랬는지 몰랐는데, 지금 생각해 보니까 티아메트가 갑자기 깨어나서 게임 회사에서 무슨 조치를 취한 것 같아. 생각해 봐. 티아메트라면 샹그릴라 대륙 최고의 드래곤 중 하나잖아. 그게 깨어났는데도 아무런 퀘스트가 일어나지 않는 걸 보면, 티아메트의 부활을 없던 일로 되돌린 것 같아."

명철이 동감한다는 듯 말했다.

"확실히 그러네. 그래서 티아메트를 깨운 건 헛수고가 된 거야?"

"아니. 어제 엘베로사가 이야기했던 무명이라는 플레이어 NPC가 바로 티아메트의 세 머리 중 하나야. 나도 정확히 무슨 일이 일어난 건지는 모르겠는데, 엘베로사가 깨우려던 사람은 지금 깨어 있는 상태야."

이어서 마지막으로 거인의 허벅지뼈에서 있던 일을 이야기해 주었다. 현실 시간으로 사흘 만에 60레벨을 올렸다는 이야기에는 명철이와 문기도, 운영자 부르지 마라는 이야기를 했을 정도다.

"그러니까 내가 GM을 못 부르는 거야. 아 놔, 진짜 어떻게 하냐!"

한규의 투덜거리는 말에 명철이와 문기가 실실 웃음을 터뜨린다.

"하여간 현실에서도 그렇지만, 게임도 참 화려하게 하는구나."

문기의 말에 한규가 눈살을 찌푸린다.

"별로 그러고 싶지 않아. 아이템을 주워 현질해서 착실하게 돈을 벌겠다는 내 꿈은 어디로 간 거냐고?"

"푸하하, 하긴 네 렙이면 돈 벌기 참 쉽겠다."

"그러니까 말이야."

잠자코 있던 명철이가 입을 열었다.

"차라리 공국 쪽으로 망명을 하지그래?"

"음?"

"일단 은행의 장비는 싹 뺏기게 되겠지만, 그래도 캐릭터는 옮겨올 수 있잖아. 악명치가 10만이면 공국에서도 쌍수 들고 환영할걸? 진영을 옮기면 평판이 플러스로 바뀌잖아."

"그야 그렇지만… 안 돼. 어떻게 얻은 전설급 템인데!"

한규의 말에 문기가 툭하고 답한다.

"날로 먹은 템이지, 뭐."

"그, 그건……."

"아니면, 요키 성으로 가."

명철이 제2의 대안을 제시했다.

"거기는 독립 진영이니까 그냥 악당 취급을 받을 뿐이잖아. 팩션 불이익이야 얼마간 있지만, 거래도 할 수 있고 마을 안에도 들어갈 수 있지. 거기서 왕국 쪽 평판 퀘를 하면 수배도 풀리게 될 테고."

"오, 그거 괜찮다."

한규의 말에 명철이 쓴웃음을 짓는다.

"대신 평판 퀘로만 앞으로 반년은 보내야 할걸."

"그렇게 오래 걸리냐?"

"당연하지. 마이너스 10만이 장난인 줄 알아?"

"아으……."

또 한 번 한규가 곡소리를 냈다.

"일단은 요키 성으로 가봐야겠다. 그러고 보니 요키 성에도 은행 있지 않냐?"

"있긴 한데, 샹그릴라에서는 은행에 넣었다고 다른 은행에서 꺼낼 수 있는 시스템이 아니잖아."

"아, 맞다. 다른 게임이랑은 다르지. 결국 수도 롬로스 은행을 갈 수 있어야 한다는 얘기구나."

"그렇지."

명철이 한규의 어깨에 손을 얹는다.

"고생 좀 하겠구나."

"진짜 무슨 팔자가 이러냐?"

한규의 투덜거리는 말에 문기가 툭 한마디 던진다.

"뭐 그만큼 재미있잖아? 긍정적으로 가자고. 포지티브─아무튼 잘됐다. 나랑 같이 켈드리안 산맥 쪽으로 가자. 거기서 같이 레벨 업 하면 되겠네. 만렙 캐릭터랑 같이 놀면 나도 좋지, 뭐. 하하."

문기의 말에 한규는 휴, 하고 한숨을 내쉬었다.

"일단 벨프스 산맥 정상에부터 가보고 나서. 아피아린스를 구해야지."

"아, 맞다 그것도 있구나. 좋아, 오늘 밤에는 등산이다."

일이 뜻대로 풀리지 않아 근심 가득한 한규와는 달리 문기는 재미있어 죽겠단다. 명철이 그런 문기에게 한마디 한다.

"근데 문기 형, 수배자랑 같이 파티 맺고 계속 다니면 형도 명성 떨어져요."

"음? 아, 괜찮아. 나는 귀족 같은 거 될 생각 없으니까."

"수배자까지 금방일 걸요?"

"뭐 그럼 한큐랑 같이 평판 작업 하지, 뭐."

이런저런 이야기로 시간을 보내는 사이, 수업 시간을 알리는 종이 울렸다.

"그럼 학교 끝나고 보자."

문기가 손을 흔들며 교실을 떠나간다.

"그래."

한규는 다시 한숨을 내쉬며 책상 서랍을 뒤적거려 교과서를 찾았다.

"아무튼 이 이야기는 비밀이다. 나 계정 삭제당하기 싫어."

생각났다는 듯 하는 한규의 말에 명철은 웃었다.

"하하, 당연한 이야기를 가지고."

"쌩큐."

"근데… 그래서 결국 엘베로사는 누구야? 라기보다 뭐야?"

명철이 묻는 말에 한규는 어깨를 으쓱했다.

"글쎄. 그걸 알면 이 고생도 않지."

"그건 그렇겠구나. 역시 샹그릴라라니까. 아무래도 한큐

너, 히든 클래스 정도가 아니라 숨겨진 퀘스트 같은 것에 당첨된 것 같다. 운 좋은 녀석."

"그런가?"

한규는 명철의 말에 반신반의했다. 그렇다고 하기에는……

"뭐, 좀 더 지내보면 알겠지."

한규의 결론은 단순했고, 명철도 그의 말에는 고개를 끄덕일 수밖에 없었다.

2

학교가 끝난 후, 한규와 문기, 명철은 샹그릴라 피씨방을 찾았다. 밤까지 기다리기 싫다는 문기의 강권에 못 이겨 명철이까지 따라오게 된 것이다. 다들 한참 게임에 빠져 있던 터라 불만이 있을 리 없었지만.

2월은 오전 수업만 하고 있던 터라 문기네 집안에서 운영하는 피씨방 안에는 고등학생들도 제법 있었다.

한규는 핸드폰을 꺼내 캐노피 형태의 샹그릴라 콘솔 단자에 연결했다. 넬티아라는 캐릭터를 조종하는 한미나가 혹시 접속해 있나 해서였다. 고 1이라고 했으니 마찬가지로 학교가 끝났을 테다.

콘솔에 누워 한규는 헬멧을 뒤집어썼다. 몸이 나른해지며 살풋 잠이 들었다. 눈 한 번 깜빡였을 뿐인데, 건조한 콘크리트의 정글은 어느새 드넓은 설원이 펼쳐진 산맥 안으로 바뀌어 있었다.

나는 우선 스테이터스 창을 열어보았다. 여전히 평판치는 음수로 10만이었다. 깜깜하다.

옆에 잠들어 있던 문블레이드가 귀엽게(!) 기지개를 켜며 몸을 일으켰다. 추위를 막기 위해 기어들었던 바위틈의 작은 동굴 안에 나와 문블레이드의 목소리가 메아리친다.

"일단 장비부터 까봐. 궁금하다."

대뜸 문블레이드가 나에게 말했다. 나는 지금 커뮤니티 메뉴에서 친구 목록을 살피는 중이었다. 문블레이드, 유리한 모두 접속 상태로 표시되었다. 그리고 넬티아 역시 지금 플레이를 하는 중이었다.

아니나 다를까, 내가 접속을 하자마자 넬티아로부터 핸드폰 메시지가 도착했다. 내 시야 아래쪽에 반투명한 청색 창이 활성화된다.

—하이요! 한규님, 이 시간에 웬일이세요?

—아아, 친구랑 피씨방 왔어요.

—아항.

문자를 보내며 나는 문블레이드에게 내 장비 전부를 공개했다.

"오, 이게 자이언트 옵션이구나. 드래곤 하이드랑 거의 비슷하네."

"둘 다 90레벨 이상의 몹이잖아."

"근데 장갑은 아직도 전에 봤던 그거구나."

"음? 아, 더 좋은 게 나오지를 않아서."

나는 문블레이드와 대화를 하며 한편으로는 계속 넬티아의 문자를 받고 있었다.

―어제는 접속 안 하셨던데요?

―네? 아, 바빴어요. 한규님은 어제도 하셨나 봐요.

―저야 뭐 밤에는 특별한 일 없으면 계속하지요.

―글쿠나. 아참, 저 오늘 아침에 명인급 장비 하나 샀어요. 레벨도 이제 5렙이에요.

―오, 빨리 올리시네요.

―한규님이 가르쳐 주신 스킬 덕분이에요. 근데 그거 진짜 있는 권법들이던데요? 아는 오빠가 그러는데 형의권의 기본 권법이라고…….

―네? 아, 예. 제가 배운 우슈 중 하나예요.

두 사람과 동시에 이야기를 하다 보니 좀 정신이 없긴 했다.

"그럼 이제 출발하자. 어차피 여기는 산속이니까 팩션 상관없이 다닐 수 있을 거야."

문블레이드의 말에 나는 고개를 끄덕였다.

"오케이."

─혹시 가요 같은 거 들으세요?

그때 넬티아가 내게 이런 쪽지를 보냈다. 사실 그전에도 현실에서 취미나 관심사 같은 걸 이야기한 적이 없는 건 아니었기에 나는 대수롭지 않게 그녀의 말을 받았다.

─글쎄요. 평소에 노래 같은 건 잘 안 듣는 편이라…….

─아, 글쿠나.

─근데 그건 왜요?

─네? 아, 아니에요.

─하하, 싱겁네요. 암튼 전 이제 사냥하러 가요. 혹시 게임하다 잘 안 풀리는 거 있음 물어보세요. 대답이라면 해줄 수 있으니까.

─아… 네.

─재미나게 노세요.

─네, 한규님두요.

그녀와 대화를 마치며 나는 문블레이드와 함께 벨프스 산맥의 정상으로 이어진 길에 접어들었다.

벨프스 산맥 고지 지역은 60레벨에서 70레벨에 이르는 상당히 고 레벨의 존이었다. 문블레이드가 이제 막 60레벨에 접어들었으니, 그녀로서는 조금 벅찼다.

그곳에 살고 있는 것은 주로 벌레나 무슨 마계의 생물 같은 괴물들이었다. 거인족보다는 조금 작은, 에틴과 같은 거대한 종족도 있었다.

벨프스 산맥 고지대에서 가장 무서운 것은 원아이드들이었다. 원아이드는 문어와 비슷하게 생긴 괴물이다. 다만 머리 대신에 거대한 눈알 하나가 달려 있어서, 그것과 눈이 마주치면 몇 초 동안 몸에 경직이 온다.

주로 바위틈 같은데 숨어 있다가 눈으로 마비 광선을 쏴 경직시킨 후 공격을 하는데, 워낙 눈이 많이 쌓인 곳이라 공격받는지도 모르게 당하는 일이 비일비재했다.

그나마 다행인 것은 레벨 차이가 커서 그런지, 원아이드들의 공격에 내가 거의 경직되지 않는다는 점이었다. 문블레이드가 경직 상태에 빠질 때마다 그녀를 흔들어 깨우며 우리는 점점 더 험한 골짜기로 들어갔다.

"야, 진짜 현실이면 오를 생각도 못하겠다."

"그러게."

길이 끊긴 건 벌써 오래전이다. 눈앞에 펼쳐진 건 절벽과 눈 쌓인 바윗덩이뿐이었다.

다행히 나와 문블레이드 모두 레벨이 낮은 편은 아니었다.

둘 모두 힘을 쓰는 직업이기에 민첩성도 높았다. 힘과 민첩성이 높다는 것은 점프력과 균형 감각 모든 면에서 뛰어나다는 이야기이기도 했다.

훌쩍 뛰어 사람 키 높이의 바위를 발 디딤 삼아 더 높은 곳으로 뛰어올라 갔다. 그러기를 몇 번 거듭하고 나니 20여 미터의 절벽을 넘어설 수 있었다.

"그래도 경치 하나는 죽이네."

문블레이드가 올라온 길을 되돌아보며 숨을 크게 들이쉬었다. 저 멀리 운해 사이로 드문드문 펼쳐진 설원이 눈에 들어온다.

"정말 샹그릴라의 세계는 뭐라 말할 수가 없다니까."

눈꽃이 탐스럽게 피어난 관목 숲을 가리키며 문블레이드가 말했다. 이 세계가 아름답다는 것에 누가 이견을 말할까?

"요즘 가끔 그런 생각도 들어."

나는 문블레이드를 바라보았다. 그녀는 허리에 손을 얹은 채 돌출된 바위에 발을 올려 그곳에 몸을 기대 있었다. 먼 곳을 바라보는 그녀는 동경으로 눈이 반짝거리고 있었다.

"이곳에서 계속 살아가고 싶다고 말하는 사람들의 마음이 전혀 이해가 가지 않는 건 아니랄까?"

"야야, 그거 위험하다."

"나도 알아. 하지만 현실이니, 게임 속이니 하는 구분도 따지고 보면 단순한 선입견 같은 게 아닐까? 이제 와서 사이버 상에서 만난 친구를 친구라고 할 수 있나 없나 하는 건 논의할 거리도 못 되잖아."

"뭐, 어느 나라에서는 게임 속 캐릭터와 결혼하는 게 더 이상 뉴스거리도 안 된다고 한다지만……."

"그러니까. 나도 단순히 마우스나 키보드로 조작하는 캐릭터 정도에 감정이입을 하는 건 조금 이상하게 생각해. 하지만 지금 여기 서서 저 세상을 바라보고 있는 건 분명 나잖아?"

"가슴 빵빵한 여검사지."

내가 툭 뱉은 비꼬는 말에 문블레이드가 웃는다.

"그건 그렇구나. 뭐 어때, 예쁘면 됐지."

"보는 내가 괴롭다니까."

"하하, 그렇다고 사랑에 빠지거나 하면 곤란해. 난 게이가 아니니까."

"아니었냐?"

문블레이드가 내 말에 발끈하려는 찰나, 우리 두 사람의 발 밑을 하나의 그림자가 뒤덮었다. 깜짝 놀라 고개를 들어보니 거대한 날개가 이쪽으로 접근해 오고 있었다.

"저거, 드래곤이냐?"

문블레이드가 검집에 들어 있는 검에 손을 가져가며 물

었다.

"아니. 그건 아닌 것 같아. 모양이 달라. 아, 저게 와이번인가 보다."

"아아, 벨프스 산맥 정상 근처는 와이번의 집단 서식지라고 들었는데… 슬슬 거의 다 온 모양이구나."

문블레이드는 이렇게 말하며 검을 뽑았다.

그사이 거대한 날개, 와이번은 우리가 있는 곳 근처에까지 다가와 착륙을 시도했다. 눈보라가 휘날리고 발 디딘 곳의 바위가 으깨져 제멋대로 흩어졌다. 날개폭 10미터의 거대한 파충류가 갈라진 눈구멍으로 우리를 쏘아본다.

"내가 상대할게."

나는 문블레이드에게 외치며 앞으로 달려나갔다. 와이번이 날개 중간의 발톱으로 땅을 긁으며 내게 비명을 지른다.

질보로 파고들어 근보로 접근한다. 그리고 양손을 뻗어 청구연환삼식을 펼친다. 고개를 내밀다 재빨리 잡아당기며 와이번이 뒷걸음질을 쳤다.

하지만 100레벨의 민첩성에 질뢰답무영의 경공까지 보유하고 있는 나다. 와이번의 뒷걸음질 정도를 따라잡지 못할 리 없었다.

깊은 곳까지 파고들어 몸통에 양권을 날렸다.

퍽퍽―

듣기 좋은 타격음이 들리며 와이번이 움찔거린다. 다시 한 번 주먹을 뻗어 다리를 후려치니 거대한 몸뚱이가 털썩 바닥에 쓰러졌다.

오히려 거대한 날개가 방해가 되는 모양이었다. 버둥거리며 다시 일어나려 몸을 추스른다. 하지만 그런 와이번을 방치할 내가 아니었다. 아마도 샹그릴라 세계 최강의 공격력을 가졌으리라 생각되는 삼절의 권법, 청구연환삼식이 양손을 통해 각기 터져 나왔다.

반쯤 몸을 일으키던 와이번이 다시 뒤뚱거리며 바닥을 뒹굴었다. 뒤에 있던 문블레이드가 '아, 진짜 사기다!' 하고 외치는 소리가 들렸다.

나는 빙긋 웃었다. 사기건 뭐건, 내 캐릭터가 강한 것이 싫을 리 없다.

와이번이 긴 목을 뒤로 젖히며 숨을 들이쉰다. 비슷한 동작을 다른 몬스터에게서 본 적이 있다. 바로 드래곤이다.

나는 반사적으로 와이번의 입 방향에서 벗어났다. 등 뒤에서 화끈한 열기가 느껴졌다. 와이번이 불덩이를 토해낸 것이다.

나는 앞으로 몸을 굴려 사정거리에서 완전히 벗어난 후 다시 질보로 접근했다. 순식간에 거리가 좁혀지며 와이번의 육중한 다리 근육이 눈에 들어왔다.

약점을 알아 그곳을 공략하면 좋겠지만, 새삼 와이번의 약점 같은 걸 찾을 시간은 없다. 무식하게 공격을 퍼붓는 정도로 만족해야지.

두 번의 공격이 연달아 펼쳐지고, 와이번이 커다랗게 몸을 휘저으며 바닥으로 쓰러지는 모습이 눈 안 가득 들어왔다.

뭐, 이 정도야…….

득의양양하며 나는 와이번의 몸을 뒤지기 시작했다. 언제 어디서 내다 팔게 될지 모르겠지만, 전리품을 버려둘 만큼 나는 부자가 아니다.

뒤에서 상황을 지켜보던 문블레이드도 다가와 같이 몸을 뒤졌다. 몸에 박혀 있던 녹슨 검 한 자루, 날개 피막, 날카로운 이빨 따위가 와이번의 몸에서 떨어져 나온다.

전리품을 거두며 문블레이드가 말했다.

"솔직히 이곳에서 지내다 보면 현실은 따분하지 않냐?"

그 말에 나는 아무런 대답도 할 수 없었다.

"차라리 여기가 현실이라면 고민할 게 없을 텐데."

"너, 너무 빠져들었다."

"그런가?"

문블레이드는 미소를 지었다. 나는 고개를 저으며 다시 와이번의 몸을 뒤적거렸다.

만약 이곳에 내 소중한 사람들 모두가 있다면…….

떠오른 생각을 애써 부정했다.

3

　와이번의 서식지를 지나 도착한 곳은 너비가 100미터는 족히 될 고원지대였다. 드넓은 설원은 나지막한 바위 봉우리들로 둘러싸여 있었는데, 언뜻 보면 화산의 분화구 같은 느낌도 들었다.

　"여기 백두산 천지 비슷하지 않냐?"

　"아, 너도 그 생각 했냐?"

　문블레이드의 물음에 동감을 표하며 주위를 살펴보았다. 호수가 있어야 할 자리에 평평한 분지가 있다는 것을 제외하면 곳곳에 공개된 천지연의 사진과 비슷한 풍경이었다.

　"뭐, 그곳을 모티브 삼아서 만든 곳일 수도 있잖아?"

　내 말에 문블레이드가 머리를 끄덕거린다.

　"그러니까."

　"그나저나 여기까지 오기는 했는데……."

　나는 중얼거리며 벨프스 산맥 최정상의 분지를 살펴보았다. 아니, 살피고 자시고 할 구석도 없었다. 그곳에는 눈 덮인 땅 말고는 아무것도 없었으니까.

　"뭐야? 엘모아 여신한테 낚인 거야?"

문블레이드가 투덜거리며 이렇게 말했다. 나는 어깨를 으쓱하고는 혹시나 하는 마음에 이곳저곳을 쑤시고 다니기 시작했다.

"난 또 무슨 신전 같은 게 하나 서 있는 건 아닐까 생각했는데……."

"그러게. 흠, 그 얘기를 듣고 엘베로사가 어디 다른 곳으로 옮기거나 한 거 아닐까?"

내 물음에 문블레이드가 아, 하는 탄성을 낸다.

"그러게. 엘베로사인가 하는 여자가 아피아린스를 감췄다면서. 그 이야기를 면전에서 들었는데 아직도 이곳에 놔둘 리가 없잖아."

하나의 의문이 또 하나를 부른다.

"가만, 그럼 그걸 뻔히 알면서 엘모아 여신은 왜 우리에게 그 이야기를 꺼낸 거지?"

내 물음에 문블레이드가 눈살을 찌푸렸다.

"듣고 보니 그러네. 별로 깊게 고민 안 했는데……."

"하긴, 나도 평판 떨어진 것 때문에……."

해발 1만 2천미터짜리 고봉을 오르면서 나도 문블레이드도 딴생각만 하고 있었던 거다.

하지만 엘모아가 아무런 경계심 없이 아피아린스가 감춰져 있는 장소를 이야기한 것에는 어떤 이유가 있을 것도 같왔다.

"음, 그러고 보니 아피아린스가 실종된 건 꽤 오래전 이야기야. 형이 아직 잠들기 전이니까."

"어, 그래? 한상이 형이 깨어 있을 때? 가만, 그런데도 그녀를 구하지 못한 거야? 한상이 형이라면 샹그릴라를 만든 사람 아냐."

"맞아. 근데 형도 혜나 누나의 위치를 찾을 수가 없었대."

"흠… 그거 이상하네."

내 생각도 문블레이드와 같았다. 이상한 이야기이다.

"근데 그럼 엘모아 여신은 어떻게 안 거야?"

"그것도 그러네?"

문블레이드가 투덜거린다.

"뭐야? 뭐가 어떻게 돌아가고 있는 거야?"

그 순간 나는 엘베로사라는 이름에서 한 가지 사건을 떠올렸다. 오래전, 켈드리안 산맥으로 날려가기 직전에 있었던 그일을. 그때 나는 광산 계곡으로 코볼트들을 사냥하러 들어갔다가 정체를 알 수 없는 공간으로 떨어졌었다.

엘베로사는 그곳을 자신의 집이라고 말했다. 혹시 이곳에도 그런 장소가 있는 건 아닐까?

무명이 말했다. 샹그릴라 밖의 어느 누구도 엘베로사를 손댈 수 없다고. 그 공간도 마찬가지일 것이다. 한상이 형이 찾을 수 없는 것도 어찌 보면 당연한 일이다.

그 점에 생각이 미친 나는 바닥에 쌓인 눈을 손으로 쓸어 치웠다.

"뭐야, 갑자기?"

문블레이드가 내게 묻는다. 나는 대답조차 않은 채 계속 눈을 치워갔다.

그 아래 드러난 것은 엷은 하늘색 빛이 나는 바닥이었다. 흙도 돌도 아닌, 굳이 가까운 것을 이야기하라면 보석을 평평하게 연마한 듯한 느낌의 땅이었다.

얼마간 바닥이 드러나자 나는 그곳에 주먹을 내리꽂았다. 청구연환삼식의 무지막지한 공격력이 바닥에 부딪치며 쩡— 하는 소리를 낸다. 딛고 있는 발이 진동으로 떨렸다.

두 번, 그리고 세 번.

계속해 나는 바닥을 내려쳤다. 끼고 있던 건틀릿이 형편없이 우그러졌다. 슬슬 내구도 최대치조차 바닥을 가리키고 있었다. 하지만 건틀릿이 부서지든 말든 나는 계속 땅에 공격을 퍼부었다.

몇 대나 때렸을까? 굳이 세어보지 않아 확실치 않았지만, 못해도 세 자릿수는 될 듯했다. 건틀릿은 이미 더 이상 방어구의 역할을 하지 못했다. 내구도가 최대 최소 할 것 없이 0이었다. 은은한 통증까지 손에 느껴지기 시작했다.

하지만 성과가 없는 건 아니다.

그 단단해 보이던 바닥에 실금이 가기 시작했다. 가만히 지켜보던 문블레이드가 자신의 건틀릿을 벗어 내 앞에 툭 던져주었다. 나는 건틀릿을 바꿔 끼고 다시 바닥을 내려쳤다. 실금이 점차 번져 나가더니 커다란 균열을 만들어낸다.

바로 그때였다.

"그만 해!"

내 앞에 어느샌가 여자아이 하나가 서 있었다. 엘베로사다.

"한규 미워! 왜 우리 집 천장을 부수는 거야?!"

"이곳에 아피아린스가 있으니까."

나는 짤막히 답하고 다시 바닥을 내려쳤다. 엘베로사가 내 오른팔을 꽉 잡아당긴다.

"하지 말라니까!"

"아피아린스를 풀어줘."

"싫어!"

엘베로사가 양 볼을 부풀리며 내 말에 도리질을 친다. 나는 내려치는 주먹을 왼쪽으로 바꾸었다.

쿵—

다시 한 번 바닥의 균열이 확대되었다.

"왜 만날 아피아린스밖에 모르는 거야?"

"그게 무슨 말이야?"

나는 엘베로사를 쳐다보았다. 그녀는 지금 눈물까지 글썽이고 있었다.

"자꾸 그러면 아무리 한규라고 해도 봐주지 않을 거야!"

"뭘 새삼 봐주지 않겠다는 거냐? 지금까지 실컷 가지고 놀아놓고."

"봐준 거야. 나는 이 세계의 창조자야. 여기선 내가 하고 싶은 건 마음대로 할 수 있어!"

"해봐."

나는 엘베로사에게 차갑게 한마디를 뱉고 다시 바닥을 두들겼다. 엘베로사가 내 오른팔에서 떨어져 나오더니 두 손을 앞으로 내밀었다.

"저리 가!"

그 순간 엄청난 힘이 내 몸을 덮쳐 오는 것이 느껴졌다. 초강력 에어펌프에 얼굴을 찌그러뜨리는 코미디 프로처럼 내 몸 전체가 압력에 밀려나기 시작했다.

나는 곧바로 오뢰홍강을 활성화시켰다. 뭔지 몰라도 저건 마법의 힘이었다. 그렇다면 게임 안의 법칙에 따라 오뢰홍강이 그 힘 대부분을 상쇄시켜 줄 것이다.

내 예상은 보기 좋게 들어맞았다. 갑자기 나를 밀쳐 내는 힘이 줄어들었다. 동시에 엘베로사의 얼굴이 일그러졌다.

"뭐, 뭐야, 그건!"

"네가 준 힘이잖아. 무림혈비사의 전부한큐 스킬 중 하나야."

"그, 그치만……."

엘베로사가 이번에는 거대한 불길을 내 주변에 소환했다. 문블레이드가 그 열기에 깜짝 놀라며 저만치 물러서는 모습이 보였다. 하지만 오뢰홍강으로 보호되고 있는 내 몸은 난로 앞에 선 정도의 온기만을 느낄 뿐이었다.

"마법은 소용없어."

"그럼 이건 어때?!"

갑자기 내 곁에 바위산이 솟아올랐다. 생물처럼 자라나는 바위가 내 몸을 눌러 찌그러뜨리려 든다. 비록 마법으로 구현한 힘이지만 이건 분명 물리력이다.

하지만 물리력이라고 해서 나를 상하게 할 수는 없었다. 금강부동신공이 있었으니까.

온몸을 강철보다 단단하게 바꾸어 압력을 상쇄시키는 동시에 혼일무극장을 내 주변에 폭발시켰다. 바위에 금이 가며 압력이 눈에 띄게 약해졌다. 연속으로 세 번 혼일무극장 스킬을 발동하니 바위들이 산산이 부서져 사방으로 흩어져 날아갔다.

엘베로사가 자신의 입술을 잘근잘근 씹는다.

"한상 때문이야. 한상이 아니었으면 죽으라는 한마디로 죽일 수 있었을 텐데."

거기서 왜 또 형의 이름이 나오는 건가?

혹시 형이 사고를 당하기 전에 내 캐릭터에 어떤 조작을 해둔 걸까?

이런 생각을 하며 나는 엘베로사를 바라보았다.

"엘베로사."

자신을 부르는 내 말에 엘베로사는 앞으로 뻗었던 손을 거둬들였다. 어쩌면 더 이상 어떤 힘도 내게 통하지 않는다고 체념한지도 몰랐다.

"도대체 무슨 일이야? 나는 도무지 이해할 수가 없어. 왜 아피아린스를 이곳에 가둔 거야? 네가 말하는 것으로 봐서는 그녀가 현실의 혜나 누나라는 걸 알고 있는 것 같은데…….게다가 네 모습은 뭐야?"

엘베로사는 물끄러미 나를 바라보았다. 이윽고 입을 연다.

"한규는 몰라."

"맞아. 나는 아무것도 몰라. 도대체 무슨 일이 일어나고 있는 건지……."

"그치만 알게 되어도 한규는 여전히 아피아린스 편일 거야."

"그야……."

나는 말꼬리를 흐렸다. 엘베로사가 눈물을 흘리는 모습이 보였다.

"아피아린스를 좋아하니까, 한상이도 아피아린스를 좋아하니까, 그러니까 엘베로사 같은 건 만나려고도 하지 않는 거야."

"그게 아냐!"

나는 엘베로사의 말을 끊었다.

"그게 아니야. 형은… 현실에서 사고를 당했어."

"알아."

"그래, 그래서 엘베로사를 만나지 못하고 있는 거야."

엘베로사는 내 말에 고개를 저었다.

"아냐. 한상은 아피아린스를 좋아해. 아니, 사랑해."

"그……."

그런가? 나는 내 자신에게 이런 질문을 던졌다. 엘베로사의 입에서 들려온 말이기에 생소하게 느껴졌다. 하지만 이 어린아이의 말을 한마디로 일축할 수는 없었다.

8년 전.

우리 형제는 병실에 누워 있는 한 소녀를 만났다. 그녀는 티 한 점 없이 예뻤다. 세상에 요정이 있다면 아마 그녀와 같았을 것이다. 그건 형이 나에게 들려주었던 말이다.

그 후로 형은 샹그릴라를 개발하기 시작했다.

동정심? 아니면, 그저 혜나 누나에게서 새로운 게임에 대한 영감을 얻었을 뿐? 모르는 사람이 들었다면 그렇게 생각했을지도 모른다. 하지만 나는 알고 있다.

　혜나 누나를 만나고 싶다는 염원은 나 자신보다 한상이 형이 더 컸을 거라는 걸.

　그렇다.

　형은 혜나 누나를 사랑한다. 그리고…….

　"그걸 알면서 왜 방해하는 거야?"

　나는 엘베로사에게 외쳤다.

　"나는……?!"

　그 외침에 엘베로사가 되묻는다.

　"그럼 나는 이제 누구에게 사랑받을 수 있는 거야?"

　눈물이 엘베로사의 눈가에서 끊이지 않는다.

　"너도… 형을 사랑하는 거야?"

　"사랑? 나는 그런 감정은 몰라. 문자로 읽어 이해하고 있을 뿐이야. 하지만 그 많은 표현들이 진짜라면… 나는 한상에게 사랑받고 싶어. 하지만 한상은 나를 봐주지 않아."

　답답했다. 형은 이제…….

　"형은 이제 누구도 사랑할 수 없는 몸이 됐어."

　내 말에 엘베로사가 고개를 끄덕인다.

　"맞아. 현실 세상에게 살해당했으니까."

이건 또 무슨 말인가?

"살해당했다고?"

엘베로사가 나를 쳐다본다.

"나는… 아피아린스를 풀어주고 싶지 않아. 그럼 한상이 그녀와 함께하려 할 테니까. 하지만 한규가 한 가지 약속을 해준다면 나는 아피아린스를 풀어줄 거야."

"약속?"

"응, 약속해 줄 거야?"

"먼저 이야기해 봐."

엘베로사가 내 곁으로 다가온다. 손을 뻗어 내가 바닥에 낸 균열을 쓰다듬었다. 순식간에 상처가 치유되듯 바닥이 원상으로 돌아왔다. 건틀릿 하나를 날려먹으며 했던 내 노력이 수포로 돌아가는 순간이다.

"아피아린스를… 어느 누구에게도 넘겨주지 마. 너에게 호의적이든 호의적이지 않든. 아는 사람이라 할지라도."

엘베로사는 말을 하며 몇 걸음 떨어진 곳에 서 있는 문블레이드를 쳐다보았다.

나는 엘베로사의 말에 묵묵히 고개를 끄덕였다.

"알았어. 약속할게."

"그게 어느 누구라 할지라도!"

"그래, 어느 누구라도."

말을 하던 도중 나는 혜나 누나의 가족을 떠올렸다.

"아참, 아피아린스의 현실 가족과는 만나게 해주어야 해."

"그건 상관없어. 그녀를 넘겨주지 않으면 돼."

"누나는 물건이 아니야."

내 말에 엘베로사는 나를 뚫어져라 쳐다보았다. 대답을 기다리는 눈치다.

"알았어."

아피아린스를 구할 수만 있다면 그 정도 약속은 해도 괜찮을 듯했다. 엘베로사가 내게 손을 내밀었다. 새끼손가락을 곧게 편 채로.

"사람은 약속을 할 때 이렇게 한다고 했어."

나는 한쪽 무릎을 꿇어 그녀와 눈높이를 맞추었다. 손가락을 그녀의 작은 새끼에 걸었다. 눈물이 범벅된 얼굴로 엘베로사가 살포시 미소를 짓는다.

"약속한 거다."

"알았다니까."

엘베로사가 내 손가락에서 그녀의 손가락을 빼며 뒤로 물러섰다. 나도 몇 걸음 뒷걸음쳐 공간을 만들었다.

엘베로사가 두 손을 아래로 늘어뜨렸다. 언젠가 무명과 대화를 나눌 때처럼 이해할 수 없는 언어를 중얼거리기 시작했다. 그녀의 손이 빛나고, 그에 공명하는 것처럼 바닥에 금빛의 마법진이 생겨났다.

　나와 문블레이드는 잠자코 엘베로사의 마법을 지켜보았다. 바다 저 먼 곳으로부터 찬란한 빛을 뿜어내고 있는 구슬 같은 것이 떠오른다. 사람 한 명이 간신히 들어가 있을 정도 크기의 그 구슬은 지면을 수면 삼아 불쑥 위로 떠올랐다.

　동시에 구슬의 표면이 찢어지며 그 안에서 한 사람이 바닥에 풀썩 쓰러져 내렸다. 나는 그녀가 지면에 부딪치지 않도록 손을 뻗어 부축했다.

　스무 살 안팎 정도? 어차피 게임 속의 모습이기에 실제 나이는 알 수 없었다. 하지만 굳이 앞뒤 정황을 따져 보지 않아도 그녀가 혜나 누나, 아피아린스라는 건 알 수 있었다. 눈앞의 소녀 엘베로사가 어른으로 성장했다면 아마 내 품 안에 있는 이 여자와 꼭 같은 얼굴이 되어 있을 것이다.

　"자, 나는 약속을 지켰어. 그리고……."

　엘베로사는 이렇게 말하며 내 곁으로 다가왔다. 나의 이마에 그녀의 자그마한 손바닥이 닿는다.

　"아피아린스를 빼앗으러 오는 존재는 지금 한규가 상대할 수 없어. 그래서 한규 몸에 내 표식을 남겨둘 거야. 만약 그가 한규에게 온다면… 그는 내가 막을 거야."

　엘베로사가 말하는 그가 누구인지는 알 수 없었다. 하지만 직감적으로 무명을 이야기하는 것이라 느껴졌다. 무명이 왜 아피아린스를 빼앗으러 오는지 이상하게 생각되었지만, 지금 내 주위에 벌어지고 있는 일 중 이상하지 않은 게 더 드물다.

"그럼 나는 갈게. 이곳에 너무 오래 있었던 것 같아."

엘베로사는 자신의 할 말을 마치고는 곧바로 어디론가 모습을 감추었다.

이 산 정상에 있는 것은 나와 문블레이드, 그리고 아직 깨어나지 않고 있는 아피아린스뿐이었다.

나는 고개를 내려 내 품에 있는 혜나 누나를 바라보았다.

그런데······.

"옷은 좀 만들어주고 가지!"

서둘러 망토를 벗어 그녀의 몸에 덮어주고, 나는 문블레이드와 함께 아피아린스가 깨어난 후에 적응하기 쉽도록 적당한 장소를 찾기 시작했다.

4

"푸하하! 아까 표정, 진짜 걸작이더라."

모닥불을 사이에 두고 문블레이드가 놀리는 말을 한다.

"아으, 아무리 게임이라지만. 그러고 보니 이 게임, 12금이라고 플레이어 캐릭터는 속옷도 못 벗게 해놓고는 어째······."

"동경하던 여인의 올 누드를 본 소감은?"

"시끄러!"

아직 아피아린스는 깨어나지 않았다. 나는 망토를 온몸에 뒤덮은 아피아린스를 바라보았다.

"근데 아까 엘베로사가 말했지. 현실 세상이 형을 죽였다고."

"그랬지."

"그거… 무슨 뜻일까?"

내 물음에 문블레이드는 어깨를 으쓱거렸다.

"글쎄? 뭣보다 엘베로사인가 하는 그 아이 말을 진지하게 듣지 않는 게 좋을 것 같은데? 아무리 봐도 제정신은 아니던데?"

"그건 나도 동감이지만……."

나는 그녀에게 들었던 이야기들을 곰곰이 떠올려 보았다. 엘베로사는 처음부터 한상이 형이 살아 있다는 듯이 이야기했다. 아니, 살아 있는 건 맞다. 다만 이제 세상과 더 이상 이야기할 수 없는 상태가 되었을 뿐.

"성철이 형도 형은 사고를 당한 거라고 이야기했어."

내 말에 문블레이드가 동의한다.

"나도 그렇게 알고 있어."

계속 고민하고 있는 내 어깨를 문블레이드가 탁 친다.

"뭘 그렇게 진지하게 생각하는 거야?"

"아니, 그냥, 뭐랄까, 요새 성철이 형이 움직이는 것도 그렇고, 매영 누나도 좀 마음에 걸리고……. 다들 엘아힘 엔터테인먼트의 뒤를 캐고 있잖아. 내가 물어도 뭔가 숨기는 게 있는 것 같고."

"그래? 뭐, 위험한 일이니까 그렇겠지."

"그럴라나?"

거기서 나는 더 이상 생각을 진행시키지 못했다. 방해가 끼어들어서였다.

"으음."

나와 문블레이드의 눈이 한곳을 바라보았다.

"여, 여기는……."

"정신이 들어요?"

아피아린스가 눈을 떠 주위를 살폈다. 몸을 일으키려던 그녀가 내 망토를 안으며 다시 자리에 누웠다.

"여기가 어디예요?"

"벨프스 산맥의 가장 높은 산이에요. 그러고 보니 이름이 뭐지?"

문블레이드도 모르는지 내 말에 고개를 저을 뿐이었다.

"아아! 나는… 샹그릴라에 접속하자마자 이상한 공간에 갇혀 있었는데……."

"맞아요. 혜나 누나는, 아니, 아피아린스는 그동안 엘베로 사에게……."

내 말에 갑자기 아피아린스가 몸을 일으킨다. 망토로 몸을 가리며 나를 쳐다보았다.

"한상? 아니면 한규?"

"에?"

"아니지. 나한테 누나라고 하는 걸 보면… 너, 한규구나!"

"에에? 절 알아요?"

"당연하지! 내가 한규를 모를 리가 없잖아!"

"하, 하지만 누나는……."

아피아린스는 활짝 웃으며 다가와 나를 꽉 껴안았다.

"알아, 알고말고. 모두 들었어. 나는 잠들어 있었던 게 아니야. 나는 깨어 있었다고."

내 머리를 매만지고 내 머리를 껴안는다. 부끄럽다는 생각보다 나는 놀랍다는 기분이 먼저였다.

"얼마나 만나고 싶었는데. 너도 한상 씨도. 정말이지……. 정말이지……."

"누나, 일단 진정해요. 일단."

"아, 아!"

아피아린스는 그제야 벌거벗고 있다는 것을 깨달았는지 망토를 추슬러 몸을 가렸다. 나는 가방에서 벨프스 산맥을 탐험하며 주웠던 전리품들 몇 개를 그녀 앞에 꺼내놓았다.

다행히 전리품 중에 마법사용 로브가 끼어 있었다. 매직
급이고 해서 내다 팔까 하고 챙겨놓았던 것이다. 아피아린스
가 옷을 입고 나서야 나는 간신히 그녀를 쳐다볼 수 있었다.

방긋 웃고 있다. 티없는 기쁨이 그녀의 얼굴에 배어 나왔
다. 나는 나도 모르게 미소를 지었다.

"나도 누나와 정말이지 이렇게 만나보고 싶었어요. 샹그릴
라를 시작한 것도 사실 누나와 만나기 위해서였죠."

"응, 알아. 네가 전에 병실에 찾아와서 이야기했었잖아. 아
참, 이쪽은?"

"문기예요. 여기서는 문블레이드라는 이름을 써요."

"아, 네 친구라는…… 안녕?"

문블레이드가 손바닥을 들어 보이며 아피아린스의 인사를
받았다.

"만나서 반가워요."

"그래, 나도 반가워. 근데 남자라고 들었는데……."

문블레이드를 대신해 내가 답했다.

"애가 좀 변태끼가 있어서 그래요. 굳이 여자 캐릭터를 하
겠다고 우겨서."

"호호, 예쁘고 좋은데, 뭘."

"그렇죠? 하여간 너는 그런 떡대가 뭐가 좋다고. 아참, 아

피아린스 누님, 이 녀석, 현실에서도 이거랑 비슷하게 생겼어요. 조금 더 눈이 작고 머리카락이 짧은 정도?"

아피아린스가 문블레이드의 설명에 빙긋 웃는다.

"아아, 그렇구나. 아, 나는 어때? 어떻게 생겼어?"

내가 그녀의 물음에 답했다.

"열세 살 때 모습 그대로예요."

조금 실망하는 표정을 짓는 아피아린스에게 문블레이드가 말을 붙였다.

"하지만 성장했으면 지금 모습일 걸요. 정말 아름다우십니다, 누님."

"그, 그래?"

"그럼요. 게임 속 캐릭터라 그래도 믿을 겁니다."

아피아린스가 문블레이드의 칭찬에 사르르 미소 짓는다.

"그런데 어떻게 절 알고 계세요? 누나는……."

"아, 그걸 뭐라고 설명해야 할까? 나는 분명히 모든 감각으로 이어진 신경이 죽어 있어. 보이는 것도 없고 들리는 것도 없거든. 그런데 소리만큼은 조금 달라. 뭐랄까. 모든 감각이 죽어 있는 대신에, 머리 자체가 어떤 감각 같은 걸 갖게 된 거랄까? 머리뼈의 울림 자체를 통해 소리를 듣게 된 거 같은 느낌이야. 나도 딱히 공부를 한 게 아니라 모르지만… 적어도 소리만큼은 내가 깨어 있을 때 듣던 것과 비슷하게 들을 수 있었어. 수영 씨가 매일같이 텔레비전을 켜놓고 있어서 샹그릴라에 들어오기 직전의 뉴스까지도 알고 있는걸."

누나는 자신에게 있었던 일을 제대로 설명하지 못했다. 문외한인 내가 듣기로도 무슨 오컬트 같은 설명이다. 하지만 누나가 나를 알고 있다는 것만으로도 그녀가 말하는 것은 사실이라 할 수 있었다.

"아, 진짜 뭘 어떻게 해야 할지……. 하고 싶은 게 너무 많아서 정신이 다 없다. 나, 여행도 하고 싶고 사람들도 만나보고 싶어. 아니, 그 무엇보다 한상 씨와 우리 부모님을 만나보고 싶어. 한규야, 형은?"

그녀의 물음에 나는 입을 다물었다. 문블레이드가 나를 대신해 말한다.

"한상이 형은 지금 사고로 침대에 누워 있어요."

아피아린스가 놀란 듯 손을 입에 가져갔다.

"저런! 왜? 교통사고라도 당한 거야?"

"비슷해요."

"아아, 문병이라도 가보고 싶은데……."

혜나 누나도 알아야 한다. 나는 조심스럽게 이야기를 꺼냈다.

"형은 이제 어느 누구도 만날 수 없어요."

"응? 그게 무슨 말이야?"

"지금 뇌사 판정을 받았거든요. 지하철 선로에 떨어지는 사고를 당해서……."

"그……."

아피아린스는 내 말에 아무런 말도 꺼내지 못했다. 멍하니 나를 바라보다가 간신히 한마디 꺼낸다.

"거짓말."

"저도 그랬으면 좋겠어요."

"언제 그런 거야?"

"7월 말에요. 누나가 샹그릴라 세계 안으로 사라진 지 한 달쯤 지났을 때일 거예요."

"그럴 수가……."

누나는 망연자실한 표정이었다. 그런 혜나 누나의 표정은 보고 싶지 않았다. 나는 서둘러 대화의 주제를 바꿨다.

"누나, 누나는 아피아린스잖아요."

"아… 으응. 그거 내가 초등학교 때 친구들과 재미로 정한 외국 이름이야. 처음 한상과 만나 게임 이야기를 들었을 때 그 이름으로 하고 싶다고 했어. 같이 있던 시간이 한 시간도 채 못 되는데……."

"아무튼 누나는 지금 그로얀 왕국의 여왕이에요."

내 이야기에 아피아린스는 처음 듣는다는 듯한 표정을 지었다.

"그런 거야?"

"네, 그래서 말인데, 저와 같이 롬로스 성으로……."

이야기를 하던 나는 순간 엘베로사와 했던 약속이 떠올랐다. 어느 누구에게도 넘기지 말고 데리고 있으라던.

"롬로스 성으로?"

한참 동안 이야기를 하지 않자 아피아린스가 되묻는다.

"성으로 가지 말고, 제 곁에 있어야 해요."

"말이 앞뒤가 좀 이상한걸."

"전 롬로스의 반역자거든요. 이렇게 된 거, 여왕 납치범으로 설정하죠, 뭐. 하하!"

말을 꺼낸 후에야 생각이 났다. 아피아린스를 왕성에 데려다 주지도 못할뿐더러, 데려다 주고 나면 다시는 만나기도 힘들다.

아피아린스가 얼떨떨한 표정을 짓는다.

"그, 그야 나도 한규와 함께라면 상관없긴 한데……."

지켜보던 문블레이드가 웃음을 터뜨렸다.

"시끄러. 웃지 마."

"크큭, 이로써 완벽하게 반역자가 됐구나."

"아 놔, 아까 엘베로사에게 명성치 원래대로 해놓으라고 말했어야 하는데 깜빡했다."

"크크크."

뭐가 뭔지 모르겠다는 듯 누나가 고개를 나와 문블레이드 사이에서 두리번거린다.

"일단, 누나, 이렇게 된 거 같이 파티나 해요. 아참, 그리고 앞으로는 혜나 누나가 아니라 아피아린스 누나라 부를게요."

아피아린스는 내 말에 머리를 끄덕거리고 말을 보탰다.

"누나까지 붙이면 말이 너무 기니까 아피아 누나라고 불러."

"아, 네."

나와 문블레이드는 그 뒤로 한참 동안 누나가 게임에 적응할 수 있도록 간단한 조작 방법을 가르쳐 주었다.

여왕 아피아린스는 그래 봬도 레벨 100의 영웅 캐릭터였다. 전투 스킬은 거의 없었지만 체력은 오히려 나보다 높았다.

하긴 국가 간의 전투를 다룬 게임에서 국왕의 스펙이 낮을 리가 없다.

"일단은 아피아 누나의 장비부터 맞춰야겠네요. 내 건틀릿도 다시 구해야 하고."

"그러게. 속옷도 안 입고 로브 하나 달랑 입고 있으니 좀 그렇다."

아피아 누나의 말에 나는 얼굴이 붉어졌다. 그사이 문블레이드가 말한다.

"이 근처를 털까?"

"저 아래 눈 트롤들이 살고 있으니까 그쪽으로 가자."

모든 것이 정해진 후 우리 세 사람은 잠시 머물렀던 작은 동굴을 벗어났다.

"후우."

그때, 누나가 한숨을 내쉰다. 아마 형을 떠올리는 걸 테다.

나는 그녀의 마음에 끼어들지 않았다. 어떤 심정일지 그건 어느 누구보다도 내가 잘 알고 있으니까.

한규는 샹그릴라의 세계에서 벗어나는 게 이렇게 싫었던 적이 없었다. 하지만 현실에서 꼭 해야 할 일이 생겼다.

혜나 누나의 부모인 이태준 부부에게 이 사실을 알려야 했고, 며칠쯤 걸리겠지만 요키 성에서의 면회도 주선해야 했다.

샹그릴라 콘솔에서 일어나며 한규는 곧바로 형의 방으로 향했다. 잠들어 있듯 누워 있는 형을 내려다보았다.

"형, 혜나 누나를 찾았어. 나 대단하지?"

하지만 형은 아무런 대답도 하지 않았다.

한규는 조금 기분이 울적해졌다. 이럴 때는 우유다.

형의 방에서 빠져나와 냉장고 문을 열었다.

"아차, 어제 다 마셨지. 사다 놓는다는 걸 깜빡했네."

투덜거리며 시계를 보았다. 새벽 여섯 시 15분. 이왕이면 장 사부님도 만날 겸 동네 슈퍼로 가려고 했건만, 아직 문을 열었을 리 만무했다.

패딩 점퍼를 어깨에 걸치며 한규는 식탁 위의 지갑을 주머니에 쑤셔 넣었다. 귀찮지만 호랑이 기운이 솟아난다는 아침 식사를 위해서는 우유가 꼭 필요했다. 아침부터 날과자를 씹어 먹을 수는 없으니 말이다.

현관으로 다가가 열쇠를 풀고 현관문을 밖으로 밀었다. 그런데 꿈쩍도 않는다.

"어?"

다시 한 번 열쇠들을 확인했다. 보조키까지 전부 열려 있는 게 확실해 다시 한 번 힘을 주어 문을 밀었다. 살짝 움직인다.

"언 쉐키가 장난 쳐놓은 건가? 문 앞에 뭘 놔둔 거야?"

투덜거리며 온 힘을 다해 앞으로 밀었다.

스스슥—

뭔가 밀리는 듯한 소리가 들리며 문이 빠끔히 열렸다. 조금 경계심이 들었다. 한규는 바짝 긴장한 채 고개를 슬쩍 밖으로 내밀었다. 동작을 감지해 불이 켜지는 복도의 등이 반짝 들어온다. 그리고……

"서, 성철이 형?!"

현관 복도, 피 칠갑 된 그곳에 성철이 쓰러져 있는 모습이 한규의 눈에 들어왔다.

"성철이 형!"

한규가 소리를 지르며 성철을 품에 안았다.

『카르마 마스터』 4권에서 계속…

저작권 보호!!

장르문학의 성장에 힘이 되어주십시오.

저작물의 무단 전재와 복제, 불법 다운로드!
이것은 관심이 아니라 무관심입니다!

작가님들은 창의적 열정과 시간을 투자해 자신의 꿈과 생계를 유지합니다.
한 권의 책을 만들어 많은 사람들은 자신의 인생과 미래를 설계합니다.

저작물 속에는 여러 사람의 노력과 희망이
담겨 있습니다!

저작물의 무단 전재와 복제, 불법 다운로드는 여러 사람들의 꿈과 생계를
위협함으로써 장르문학을 심각한 상황에 빠뜨리고 있습니다.

이제는 무관심이 아니라 관심으로 장르문학의
성장에 힘이 되어주세요.

[도서출판 **청어람**은 항시적인 저작권 보호를 통해 장르문학과
여러분의 희망을 지키겠습니다.]

도서출판 **청어람**

마계대공 연대기

김광수
퓨전 판타지 소설

Darkness Duke Chronicle

"여기가 마계라굽쇼"

모태솔로의 저주를 풀기 위하여 눈물겨운 투쟁을 벌이는 강찬우.
벼락 맞고 갑자기 소환된 마계에서 만난 최상급 마족 미소녀
세를리아의 소환수 1호가 되어 벌이는 좌충우돌 대서사시.
그 누구도 깨닫지 못한 고대 마법의 힘을 얻어 마계와 중간계,
천계와 환수계, 정령계를 넘나들기 시작하는데……,

행복 꽃사슴 농장 농장주가 되기를 소박하게 꿈꾸는 강찬우.
신들의 비밀을 파헤치고 앞을 막아서는 모든 것들에 강철주먹을 날리며
대륙의 지존영웅이 되어간다.
천상천하 유아독존 마계대공이라는 이름으로…….

일류 新무협 판타지 소설

천산마제

내일을 기약할 수 없는 땅, 천산.
소녀로부터 은자 한 닢의 빚을 진 소년 용약.
청년이 된 용약은 천산의 하늘이 된다.

하늘을 가르고 땅을 뒤엎는다!
한 호흡에 만 개의 벽(壁)!!
지금껏 내게 이빨을 드러낸 것들은 모두 죽었다.

은자 한 닢의 빚을 갚으며 시작된
십천좌들과의 승부.
오너라. 천산으로. 천산마제가 기다린다!